有定集

知止堂诗选

杨宗义 著

湖南师范大学出版社

·长沙·

图书在版编目（CIP）数据

有定集：知止堂诗选 / 杨宗义著．—长沙：湖南师范大学出版社，2021.12

ISBN 978-7-5648-4369-4

Ⅰ.①有…　Ⅱ.①杨…　Ⅲ.①诗集—中国—当代　Ⅳ.①I227

中国版本图书馆CIP数据核字（2021）第209063号

有定集：知止堂诗选

You Ding Ji：Zhizhitang Shixuan

杨宗义　著

◇出 版 人：吴真文
◇策划编辑：吴真文
◇组稿编辑：李　阳
◇责任编辑：李红霞　吴亮芳
◇责任校对：赵英姿
◇出版发行：湖南师范大学出版社
地址/长沙市岳麓区　邮编/410081
电话/0731-88873071　88873070　传真/0731-88872636
网址/https：//press.hunnu.edu.cn
◇经销：新华书店
◇印刷：长沙市宏发印刷有限公司
◇开本：710 mm×1000 mm　1/16
◇印张：13.25
◇字数：210千字
◇版次：2021年12月第1版
◇印次：2022年7月第2次印刷
◇书号：ISBN 978-7-5648-4369-4
◇定价：53.00元

凡购本书，如有缺页、倒页、脱页，由本社发行部调换。

投稿热线：0731-88872256　13975805626　QQ：1349748847

《有定集》佳什辑评

（代序）

宗义寄来《有定集》一编，期以数言为引。予于当下诗人之作，月旦固多，然皆出于个人喜好，选凭一家眼，评置一家言，信手摘之，自说自话而已。所说诸作，自呈以求评者，未之有也。宗义从予习诗有年，又同桑梓，选说数题，是为破例。内举不避亲，荐佳章于天下同好者，未为私也。

题宁乡战役阵亡将士纪念塔

劫后沩川在，清流冬复春。
落花堆石砌，遗骨委松尘。
气节千秋仰，河山百战新。
碑铭无姓字，亦足警来人。

荐评：“落花堆石砌，遗骨委松尘”，字面冷峻而内心炽热，以景寓情，何深感慨！“碑铭无姓字，亦足警来人”，关键处着一“警”字，烈士泉下有知，聊可寄慰。

次静怡先生故里筑庐诗并致贺

古水双江合，新檐万籁闻。
有时能受雨，无处不看云。

青眼孤梅友，高歌瘦竹君。
深堂传百将，威令故纷纷。

荐评：起首破题，由地域而及新庐，得诗家常法。中二联尤具笔力："有时能受雨"，比杜少陵茅屋犹胜些须；"无处不看云"，是王摩诘行踪偶有所见；颈联以"孤梅""瘦竹"寄情，寓主人公傲骨高怀，甚为切合。结语暗引庐主所著《三湘联坛点将录》事，圆合全篇，称颂不着痕迹，亦佳。

过东鹭山高山寺故址

风磴连云近，因缘适俗情。
岭前深树气，雨后落花声。
有客贪山色，无僧忆寺名。
泠泠岩下水，独为野人清。

荐评：寺废不碍清游，一路闲行漫拾，各得机宜；树气、花声、客贪、僧杳，俱有通玄之妙。末尾拈出千年古井，融入自家情怀，仿佛唐人"幽意无断绝，此去随所偶"行迹，足见斯游之快，令人欲罢不能。

江梅

沩江状元洲段北岸有小片梅林，其中红梅一株，尤见风致。乙未新春，曾偕众师友于树下攀枝留影。今岁重来，别树尤苞，唯此一株先放，盖守诗人约也。

莫问因谁俏，霜风点绛唇。
往来惟守约，浓淡不关春。
岁已轮新主，花应识故人。
明朝挥手去，留影在云津。

荐评：见风怀，有个性，咏梅诗得此一篇，可补前人空白。“往来惟守约，浓淡不关春；岁已轮新主，花应识故人”数语，人品花格俱见。小序交代因由，预为引线，亦妙。

甲午除日雨中回乡过年

轻寒来问讯，细雨接长车。
路已牵情去，尘应到岁除。
忆炉柴火旺，看树翠芽舒。
归梦年年似，今年又复初。

荐评：情是常情，物是常物，家是常家，理是常理，一经妙手绾合成篇，便觉感人之至。“归梦年年似，今年又复初”，乡思乡愁，百写不尽。

夏日用台字

雨宜晴亦好，鸥鹭莫相猜。
日色风前淡，蝉声竹外来。
欲听流水曲，小坐钓鱼台。
萍迹何须问，蓬舟任浪推。

荐评：首句化坡仙，次句用成句，各宜；中二联变化参差，别饶情韵；结语放开一步，洒脱自在其中。

林中

林中探旧业，叠翠转东冈。
闻响泉犹在，分茅路欲荒。
新生今岁竹，已入昔年墙。
傍石浮苔树，依稀认北堂。

荐评：“闻响泉犹在”，得柳子厚“夜榜响溪石”元神；“分茅路欲荒”，续陈半峰“路迴分茅接”余绪。“新生今岁竹，已入昔年墙”二句，则纯是自家声口，岁月沧桑，自然生态，一齐浮现于眼前，是为力道。

夏夜

月落清江里，风来动縠纹。
徘徊如鹤独，仿佛立鸡群。
夜气山林集，蛙声远近闻。
流萤三五点，偶向草边分。

荐评：写夏夜幽静风光，活灵活现。“月落”二句观察入微，大得自然之趣。颔联自画像，悠闲傲岸兼而有之，言情分寸不失。颈联以下景语，虚实相生，有声有色，俱从观察中来也。“流萤”一结，尤具妙味。

蚯蚓

亦诩龙之后，潜夫梦未休。
吞声知静好，去骨得圆柔。
斯世虽为饵，他生要赐侯。
神农无理甚，本草入何由。

荐评：蚯蚓之为物，太过寻常，前人吟咏，多不屑及之。作者以此入诗，先占生新之趣。篇中摹形写神，夹叙夹议，曲尽斯物之妙。曰代鸣不平可，曰推崇绍介可，蚯蚓得此一章，足可名世。

秋田

香稻风吹熟，秋分又一年。
留村惟野老，守梦在乡田。
箩满还添粒，身疲不息肩。
趁晴微暑里，挥汗亦欣然。

荐评：心系底层，目观现实。文字以情感驭之，笔端展现之留守老人，精神质朴无华，形象内外兼具。读后令人慨叹之余，尤生敬仰。

九月初三夜作

岁华空去笑吾曹，楚国秋风正画牢。
第一峰看黄叶下，初三夜对紫微高。
布衣事业蛛封网，棋局江山马卧槽。
渔父料应随老子，闲人何意捧离骚。

荐评：中二联纵横捭阖，寄慨遥深。“第一峰看黄叶下，初三夜对紫微高”，时空交错，虚实相生；“布衣事业蛛封网，棋局江山马卧槽”，设喻新奇，小中见大。

腊日作

沧波日日去无边，日短亭长江可怜。
宿雪新霜调世味，睡梅醒竹共寒烟。
年称大有诗多颂，事尚何为梦愧传。
野柳岂应迷帝力，风中醉眼睥尧天。

荐评：“宿雪新霜调世味”，放翁“世味年来薄似纱”、山谷“并作南楼一味凉”其有由矣。通篇感慨殊深，力量颇大。

炭河里

于衰于盛尽天恩，上国青羊稻菽吞。
城郭一围真入梦，刀兵十万不留痕。
在空云月同山好，卷地潮流向海奔。
江底沉舟江岸树，引人怀古到烟村。

荐评：借古兴怀，言外富意；文字冲和，气概超迈。通篇浅处涵深，直中见曲，大得风人之旨。

为野兰分蔸换盆感题

溪山移住俗门庭，旧岁何曾卜此生。
朱露未匀根半饱，青泥疏附意初明。
遥知他日分香雾，独使庸人窃雅声。
君子惜花休似我，摧花常借爱花名。

荐评：好诗，生机而外，更含深讽妙喻。“独使庸人窃雅声”，是论为诗中精义所在，不曾被前人道出过。兰花诗具此一言，足以振聋发聩。当今之世，窃雅之庸人，何其多也！掩卷思之，唏嘘不已。

上巳日老夜有茅浒水乡之约未赴用静怡老韵寄诸君

几处新茅杂覆盆，有时凡鸟过前门。
花开上巳溪头荠，酒在清明雨后村。
一角自圆中国梦，二毛不掩少年魂。
诸君若觅春波兴，水漱余红柳下痕。

荐评：“花开上巳溪头荠”，见辛稼轩少许精神；“酒在清明雨后村”，得杜牧之无边趣味。用事无痕，允称手段。末句状景，有画笔不能到处。

秋夜

读罢秋声赋，来探蟋蟀家。
中宵云蔽月，灯影照篱花。

荐评：“读罢秋声赋，来探蟋蟀家”，小镜头中有真趣味；“中宵云蔽月，灯影照篱花”，纷繁境里着孤逸心。言外传声，颇耐咀嚼。通篇流水行云，略无滞碍。

题陈海洋兄别业

人境花门春气潜，鸟音鱼性两能兼。
有时呼唤群鸥至，乐共邻翁美酒添。

荐评：虽属应酬，亦饶雅趣。古语云“近水知鱼性，近山识鸟音”，而陈公别业“两能兼”之，佳妙风光，不难想见。末句化少陵诗意，于轻快中增加了几分厚重。

集中佳什，所在良多，随拾随评，不觉月盈窗牖。中宵已过，酷热未消，便欲再言，夏虫已然不许。砌下嘈嘈，催眠有术，睡乎？睡也！

辛丑夏至前夜明非熊东遨于羊城寓庐

目 录

第一辑

五律

题宁乡战役阵亡将士纪念塔

劫后沩川在，清流冬复春。
落花堆石砌，遗骨委松尘。
气节千秋仰，河山百战新。
碑铭无姓字，亦足警来人。

终南山溪晓行

太乙中峰下，晴岚悄悄生。
月华经夜白，秋水向人清。
石忆前贤卧，桥先长者行。
偶看云欲起，徒有问樵情。

上恩师七十大寿

吾师住南国，久悟白云机。
寿乃今常见，诗真古所稀。
引泉梳鹤羽，织雪作梅衣。
坡老经行地，何曾一物违。

夜钓

水深星出早，露浅月归迟。
把钓何人在，微风细草知。
白鱼有贪口，黑夜悄移时。
宿雁窥吾意，暗分芦苇枝。

过东鹭山高山寺故址

风磴连云近，因缘适俗情。
岭前深树气，雨后落花声。
有客贪山色，无僧忆寺名。
泠泠岩下水，独为野人清。

次静怡先生故里筑庐诗并致贺

古水双江合，新檐万籁闻。
有时能受雨，无处不看云。
青眼孤梅友，高歌瘦竹君。
深堂传百将，威令故纷纷。

注：静怡先生编著《三湘联坛点将录》，功莫大焉。

二月十四夜对月

预知明日雨，今夜月先圆。
许我窥天意，凭窗惜此缘。
花枝清不露，竹叶静无边。
孤署春愁漫，归心又几年。

春次黔阳见吾乡先贤黄本骥陈梅仙夫妇遗刻

化俗文翁去，遗碑在古津。
云山三楚旧，衣服五溪新。
坐钓求朱鲤，行沽待善人。
江楼自无语，诗客咏来频。

注：黄本骥尝为清黔阳教谕。

东山梅王寨

古寨飞檐外，东山第一峰。
草青牛自在，花白鸟从容。
落涧空传响，高风杳去踪。
梅王昔凝望，壁上二三松。

城墙大山无名谷

天水下丹壑，春风围翠屏。
人来麇鹿隐，樱落杜鹃醒。
烟霭定非定，芷兰名未名。
少停还复去，只道不曾经。

雨中瞻芷江受降纪念坊

春老寒犹剩，云重天泪垂。
花飞雪耻地，人仰止戈碑。
杜宇哀何切，蒸民苦有时。
此间无限意，留与后来知。

江梅

沩江状元洲段北岸有小片梅林，其中红梅一株，尤见风致。乙未新春，曾偕众师友于树下攀枝留影。今岁重来，别树尤苞，唯此一株先放，盖守诗人约也。

莫问因谁俏，霜风点绛唇。
往来惟守约，浓淡不关春。
岁已轮新主，花应识故人。
明朝挥手去，留影在云津。

梦早蜂入室营巢

雨脚漫春都，积苔侵半除。
百花流水外，一梦报衙初。
或恐羽翼湿，转傍烟火居。
天明无别话，捉影北窗虚。

月夜忆昆明舍弟

滇池波似雪，沩岸柳牵风。
云物相看异，清辉所倚同。
奔忙南国里，伛偻北堂中。
念汝归期近，榴花欲绽红。

犬子赴高考

巡天张羽翼，运笔吐精神。
乃父诚非虎，儿曹尚可人。
摒除攀折意，便得自由身。
来日征途上，风华百样新。

奉贺坝塘镇成立文联

崇文在乡邑，盛事倚今贤。
喜得风开路，相宜雨润田。
清源数川水，佳气百花天。
诸子新裁纸，能填锦绣篇。

春夜年嘉湖畔与心魔兄对饮至微醺

百年惜同病，对坐意清芬。
好月花间酒，春波湖上云。
收身犹许道，之子可论文。
灯火长沙夜，勿怜歧路分。

大沩山香严岩

香严岩为唐末香严智闲禅师修行地，岩下有芦花瀑布。香严曾往江西百丈怀海禅师处听法，并有《击竹》偈云：“一击忘所知，更不假修持。动容扬古路，不堕悄然机。处处无踪迹，声色外威仪。诸方达道者，咸言上上机。”

觉海谁为使，仙槎路未开。
芦花百丈雪，云石万年胚。
垂薜生青霭，遗龛浸绿苔。
还飙时击竹，疑送衲衣回。

秋日荆州廖老田庄宴归次韵谢答

不弃秋风客，许临高士家。
耳闻今古浪，心远往来车。
晚菊新承雨，早蜂疑报衙。
所嗟人在路，孤负眼前花。

廖国华《知止堂一行枉顾寒舍》：秋风同作客，千里访田家。嗟我食无肉，羡君行有车。临江寻卵石，拍照对蜂衙。一饮微醺后，疏篱看傲花。

题虚古堂

晴窗松瀑外，遗石暖云居。
浩荡风来古，从容意不虚。
乐君今日梦，知我去年鱼。
琴鹤一樽酒，相邀明月初。

灌园三首

其一

北阙笑非孟，南山归咏陶。
引泉滋竹橘，分惠及蓬蒿。
日色随秋短，云情向晚高。
吾庐小园圃，甚觉骨根牢。

其二

敝庐居小隐，畦菜晚能娱。
未老吟怀减，经秋地脉枯。
露尘应可浥，豺虎似无虞。
却顾檐头月，终生在道途。

其三

自封施惠者，人境溉天荒。
渴叶沾恩露，软泥生细香。
潜分中夜静，不厌小畦凉。
偶值秋蛩语，邀谈亦觉狂。

野望

江山入晴照，天镜一开屏。
冉冉孤云白，熙熙万木青。
鲈鳞翻雪浪，鸥羽落沙汀。
小立征途上，吹襟欲忘形。

昭山怀古

留得余名在，空惭百世长。
江山如入定，草木自涵光。
风淡莺声细，日迟云篆香。
南荒今不到，何事倚贤王。

偕意坚寤堂登新化北塔

一塔巍然在，千山入望空。
耸乎桃李世，有纳自由风。
磨级古人履，残碑何日功。
江声聊共倚，北去意无穷。

乔口羡鱼亭小坐

不见孟夫子，羡鱼情未专。
昔闻堤上柳，曾系杜公船。
风日遥空望，楼台旧可怜。
埠头云梦退，无处话临渊。

五月十七夜玩月

微云风悄悄，瘦月夜沉沉。
远和嫦娥舞，相怜蟋蟀吟。
庭花偷点额，水竹静开心。
识得真幽趣，清凉拟万金。

夏日邓杰兄移居雅园元韵致贺

凉吹疏帘动，端居入雅园。
却将清簟外，留与俗人喧。
黑白凭心遣，纵横不自言。
有时鸡黍具，把酒更开轩。

夏日山村午后消闲

高日浮云外，低檐尚可亲。
蕉阴空覆鹿，竹响细撩人。
花发朱藤紫，凉生碧涧新。
偶寻清梦住，不作妄忧民。

山行

清凉行处有，水石一方天。
花气随看鸟，林风不碍蝉。
可怜三亩计，犹隔数峰烟。
空忝韩康辈，临山独惘然。

重逢授业恩师

依旧晴光好，秋风不计年。
最思青眼处，犹在药庐边。
圣手应长续，仁心未可迁。
菊华调万物，杯酒报尊前。

世预赛中韩长沙战后

似见天星降，风云足底轻。
麓山青气动，湘水怒涛横。
磨剑终无负，扬眉在一城。
寒芒飞有待，更得续峥嵘。

大沩山似融峰顶无名古寺荒废久矣

峰高云是主，松密鹤怡孙。
纵作猿攀地，无妨我叩门。
山窗垂薜影，佛座染苔痕。
莫问僧衣去，江湖不可论。

重上似融峰

丁酉中秋前一日重上似融峰古寺，见香火已复，山僧释果龙住之。果龙师为余十年旧识，师时方壮年，今见已须疏齿落，瘦骨嶙峋，略述前情，不免唏嘘。

中峰无倚靠，遗世一伶仃。
补衲随云月，居山养性灵。
骤来秋雨白，不减石苔青。
熟落藤梨子，听僧夜读经。

过青龙山主人不遇

不知苔径上，叠叠几重青。
此会真龙地，翻藏老鹤形。
云扃深隔鸟，石镜远涵经。
自许留看竹，无人说醉醒。

柒茶阁品黑茶有作

清阁陈嘉木，闻香乃不禁。
十年青骨瘦，一缕碧烟沉。
撷雨心何足，蒸云夕已深。
盏中邀古月，恍听石泉吟。

电视剧《战长沙》观后有作

云断天谁补，人间土未焦。
看将千顷泪，助涨一江潮。
岳麓枫何赤？英雄血在烧。
劫灰风扫尽，犹听鼓声遥。

蒋华置酒

江声传座席，卮酒照灵犀。
慷慨既无分，相思仍有题。
风流云在上，山静月沉西。
送客东门外，何须记雪泥。

回龙山白云寺

翠峰金瓦合，来去八风吹。
寺鼓敲松子，山泉澈鹤机。
仰观银杏叶，错过白云期。
香火年年旺，扪心欲拜谁？

入“在此山”

入山名在此，出涧水多姿。
鸟语幽人听，兔巢香草滋。
径迴怜竹暗，春早惜花迟。
不问清游味，同来各自知。

暮春夜忆雪堂流溪河分韵得夜字

梦云何处寻，得酒诗无价。
广袖挽清风，暗香匀漏夜。
欲求明月高，直向流溪借。
松石有神游，长吟春复夏。

夏日用台字

雨宜晴亦好，鸥鹭莫相猜。
日色风前淡，蝉声竹外来。
欲听流水曲，小坐钓鱼台。
萍迹何须问，蓬舟任浪推。

饬圃

傍檐小园圃，稍饬数行稀。
气暖春方尽，草青锄忍挥。
椒茄新作蘖，水土故宜肥。
试剪三茎竹，瓜藤自可依。

宁乡古黄巢城遗址

兵火传闻里，城垣想象中。
树高攀孺子，地僻走村翁。
田稻参差绿，山榴烂漫红。
虎狼虽作古，蒲艾尚摇风。

注：中国人有端午在门窗前挂菖蒲、艾叶的习俗，传闻与躲避黄巢军队屠杀有关。

五月十五夜对月

月下多生气，清风不寂寥。
椒花辉细露，杨子立中宵。
近接云头辇，幽分空外潮。
壁蛩知雅意，声起两间嚣。

孤山小憩

漫说芳期错，梅心总不违。
波摇明月夜，露染故人衣。
小坐亭如是，今来梦已非。
似闻沙鹤近，湖上一舟归。

悯扶王松

扶王山居县域之西，主峰高插云霄，环之森如列笏，四时树木葱茏，相传唐扶王真人修炼于此，历来为登高览胜之去处。近年乡村旅游渐热，乡人以径险难登，用机械辟路至顶。癸巳夏月登之，见山顶已削成土坪，宽广凡十余丈。唯东南角余一高台，有孤松一树，八面当风，筋骨飒然。丙申重登，土台犹在，孤松不再。途边荒棘，杂卧断松数截，目之倍感戚然。

高处寻仙迹，疮痍入眼中。
野泉深避客，遗柱不栖鸿。
自见真风堕，嗟言浩劫穷。
白云千嶂外，孤鹤一鸣空。

夏夜江边独坐

凉风带尘味，飞上子陵台。
霓火兼明灭，渔舟悄去来。
一隅人自好，千里月相陪。
佳赏流沙净，星河晚欲开。

攸州阳升观用玄微散人“斗柄转阳升”句成律

今夜飞仙地，相看如梦曾。
风檐停月帛，斗柄转阳升。
鸟唱移情可，云生化雨能。
司空沾滴露，自把俗心澄。

赴攸州观深南寤堂二师弟入门礼行前有作，用师韵

遥想青峰下，泉华品味甘。
云闲邀月舞，风定约花谈。
落木秋将半，巡天雁过三。
相思太虚夜，同把性灵涵。

将赴渝州先寄一鹤兄

君子窖中酒，料应为我留。
江湖二千里，云树十三秋。
共对仍清骨，休惭欲白头。
通途五溪上，不必溯黄牛。

李昌《次韵宗义兄并寄》：巴水清如故，湘云几梦留。吟催三径老，知隔十年秋。感慨苍江畔，襟期古渡头。高情终不似，去马与来牛。

元韵答尹公

招邀已相误，美酒不须留。
思入苍鹰画，天回白雁秋。
十年诗缚手，今夜月梳头。
他日如谋醉，卧谈风马牛。

尹景秀《闻宗义与一鹤将渝州相会次韵有寄》：南天风正好，万事莫淹留。一路名山水，双边快意秋。举杯当促膝，雕句或搔头。来日荒原聚，良庖为解牛。

元韵答孝勇

人生有行迹，都似雪鸿留。
片月同南北，连山变夏秋。
路迷鱼腹浦，心坐虎溪头。
落落清霜夜，凭谁转斗牛。

王孝勇《闻宗义一鹤两位社兄渝州有约次韵以寄》：山水随形会，欣为蜀道留。三章酬玉笛，一赋动兰秋。豪解金龟下，清谈阮杖头。遥知出尘意，放鹤或骑牛。

元韵答杜公

太白楼前月，曾将醉客留。
五溪今在路，发兴又宜秋。
江涨猜鼋背，云开拨马头。
巴山想遗俗，斜日看牵牛。

杜澎《闻宗义社兄将有渝州之行临屏次韵却寄》：一櫂千山过，江声去不留。月移肥梦处，花叹瘦时秋。想是巴陵酒，频搔楚客头。也期登汉阁，解字忘全牛。

夔门道中五用前韵

动容千载下，过客几淹留。
水远夔门路，云高白帝秋。
乱鱼横浪底，早雁落沙头。
途说宗臣事，萧条失五牛。

贺凡恩集团总部大厦乔迁并寄高源兄

何处霓裳舞，湘山粤海中。
敞怀邀素月，举手绾高风。
云上三过雁，樽前几说公。
传书与君子，曲水待花红。

秋夜

闲思篱边少，秋心漫可斟。
许从星世界，来听月声音。
桂露调风淡，荧光照夜深。
鹤猿谁见得，或隐在遥岑。

贺云中集团乔迁并寄哲宏师兄

居高一回首，飞过几重关。
目极苍茫外，心游紫翠间。
世风由品味，天道自循环。
新共梅溪月，扶云照远山。

红叶

相问年来好，明霞此刻心。
移泉动寒石，孕火暖华林。
流转何曾虑，飘摇不废吟。
或偕秋鸟去，霜谷落烟深。

秋经洞庭二首

其一

只在苍茫见，遥山问故秋。
江湖几寒士，天地一篷舟。
坐雁惊沙起，长芦没水流。
空烟来四野，无处可凝眸。

其二

芦荻飘摇处，天涯寂寞时。
秋风扰行客，寒水浸江蓠。
抱石人何在，临山君不知。
浮舟与飞鸟，来去有云随。

题沩山镜子石

沩麓有仙石，高二丈余，其平如镜，可鉴十里。相传为娥女妆奁所化，乡人称“镜子石”。

沩汭知谁在，清光隐曜间。
壁苔时剥脱，神女几回还。
使见春秋月，来依苍翠山。
遥怜洞庭水，点染竹痕斑。

览镜

莫说清光冷，真身自写来。
坐知心映雪，成照骨如梅。
人面因时变，天颜岂我猜。
相望惟咫尺，从未脱形骸。

拂公邀宴有题用韵谨和

晴川冰雪融，相请古沩东。
桃李阴阴处，精神熠熠中。
济时今夕月，经世百年松。
春社开吟事，新诗寄北宗。

林中

林中探旧业，叠翠转东冈。
闻响泉犹在，分茅路欲荒。
新生今岁竹，已入昔年墙。
傍石浮苔树，依稀认北堂。

吊苍狼兄

花落花开里，同君已数年。
一随青鹤去，空望白云迁。
远树齐山影，孤村下暮烟。
无能共黄发，来日独潸然。

初夏恩师回湘经杜甫江阁，文胜兄延饮，群贤毕至，步师韵

新诗何处寄，杯酒几人同。
不问谁扪虱，相逢各领风。
宵披江月白，晓见石榴红。
遥想扁舟里，涛声动远空。

苦晴

白日转山暮，赤云犹自骄。
劫灰虽泯灭，天火未相饶。
树拔风长烙，瓜垂土半焦。
野人思滴露，南海恨迢遥。

辛丑贱降作

落日秋城外，微躯道路中。
山长浮黟墨，地远压残红。
坐雁沙蒲短，暮蝉江树空。
天涯虽犬马，尚沐泰平风。

喜雨

未嗟相候苦，慈竹笑参差。
本是人间水，总由天上施。
清凉曷有界，滋润意休迟。
葵藿与瓜韭，欢呼饮露时。

亮月湖边凉亭小坐

凉波无共语，倚槛对何之。
千里关情夜，万方多梦时。
蝉疏樟叶乱，客倦月华迟。
傍水草新茂，笑渠恩露滋。

戏赠冀东秦少兄五十寿辰

尘寰知趣久，诗酒两无邪。
扇掩风敲竹，名高蝶恋花。
多情元有种，逢露便抽芽。
吟罢应偷醉，欢游在孰家。

周末

沉案诸忧集，晴郊百事新。
抛尘出村野，秋色返纯真。
黄菊偶蹴蝶，清芬尤醉人。
试知柑橘味，髫女颇相亲。

梦醒

将尽夜难尽，无为梦有为。
当轩正落月，鸣织此何时。
海坼分明见，天穷未必知。
秋风怜草木，想欲露华滋。

早行口号

万木飘摇里，四方风雨中。
秋心长日在，诗思有时穷。
犬马看当道，樵苏忆野翁。
雅闻清啸起，早雁渡高穹。

探壶瓶山峡谷

洪荒元未到，禹凿又何年。
长瀑白垂幔，澄潭碧纳天。
略成幽赏意，不问上流泉。
老树缠萝薜，飘摇绝可怜。

沽上杜公喜添麟孙有寄

想象麒麟爪，门阑始作芽。
恩光授天意，诗事况君家。
已得清啼好，休教粉璧遮。
江南何所寄，片语入流霞。

暮入雪峰山寺

花发石云阴，芳哉此树林。
樵房过竹隐，兰若溯溪深。
升月峰擎璧，听风鹤抱琴。
转途闻磬响，野衲不须寻。

夏夜

月落清江里，风来动縠纹。
徘徊如鹤独，仿佛立鸡群。
夜气山林集，蛙声远近闻。
流萤三五点，偶向草边分。

芙蓉山普济寺

路转中盘上，僧钟隔岭闻。
绿萝牵石磴，慈竹迓峰云。
雨霁鱼霞见，风来花气分。
世人多欲济，杖履尚纷纷。

银冬生老先生喜添孙女有寄

村市传佳讯，添孙大有年。
自然天授受，从此福为先。
暑气明金瓦，风声清舞筵。
老人何所爱，日日捧珠圆。

退食

退食供微俸，风尘不挂怀。
已常经菜市，偶尔忆村斋。
向晚清凉足，开厨酒馔偕。
紫芝何采撷，清月照天阶。

夜归二首

其一

君子俱分散，萍身独未宁。
已多风灌耳，还得夜追星。
动思劳车马，归山守性灵。
浮生求寂寞，何得一消停。

其二

郁郁庭花寂，迟迟夜气涵。
长灯迓归客，对影亦成三。
雨霁秋池满，枝繁老叶贪。
妻儿都不寐，数问事何耽。

与志愿者定坤梦聪携王端美母子赴京参加央视《向幸福出发》节目录制

片云开晓色，秋树动慈鸦。
衣袂寒沾雨，天香静着花。
去为携梦想，同是慕京华。
别路休相送，千人共一车。

行经郑州

直道停无所，垂杨过眼繁。
客身犹北向，佳气在中原。
清雨平芜地，唐尧好友圈。
只堪行倥偬，不得访轩辕。

十月十九日过北京西局小巷

僻陋深仍对，楼台近可思。
晴枝垂白果，门户耀红旗。
我是初来者，风非偶过时。
飘零三五叶，拾取寄题诗。

客京华收意坚兄雅约

清会凭君约，秋风共我来。
遥知枫火色，相映菊花堆。
雅意劳新句，客心思旧醅。
明朝逢曲水，漾月几眉开。

长沙古开福寺雅集

飞檐对晴照，湖柳拽云堆。
碧浪群鱼集，芳亭百子来。
到门皆佛面，诵古亦诗才。
想阅松禅意，头陀去不回。

泊雁

欲问天涯路，天涯路尚遥。
不曾迷北地，何意滞南朝？
日日秋声减，山山木叶凋。
迩来寒渚卧，芦荻掩长桥。

秋尽三首

其一

小城暂为客，寒迫暮云深。
闻雁有时戚，感风知夜沉。
岂应长塞耳，只合不关心。
秋雨如弦细，凭谁自抚琴。

其二

岂是轻肥辈，前尘莫共传。
道孤还怯酒，身惫已经年。
村水连湘渚，寒林动夕烟。
荒蒲自萧瑟，不必路人怜。

其三

坐久为书困，夷犹神未还。
北窗寒雨夜，落木乱泥山。
雪正云中积，菊从秋后闲。
预闻梅气息，风里似愁删。

寓居

长铗梦无端，抱愁何处还。
皇皇歌吹里，瑟瑟路尘间。
雨打潇湘树，云封远近山。
幸无逢逐客，牛饭有余闲。

青袍

雪鹭飞还落，云帆去渐高。
倚栏同野柳，来此听寒涛。
楚阁晨开雾，星沙夜画牢。
廿年多自误，宁不愧青袍。

寒夜听雨

潇潇还簌簌，夜雨共谁眠？
落魄枝头叶，噤声秋后蝉。
雁南空旧迹，云北下寒烟。
莫忆长沙傅，春风尚隔年。

冬晴二首

其一

秋色看皆尽，乡心抱独存。
任风携落叶，吹梦到黄昏。
日暖江边树，乌飞原上村。
直西惟百里，亏负旧柴门。

其二

江村寒雨尽，晴气洒氛氲。
久矣怜黄叶，今朝淡白云。
鹭闲长草静，水缓暗沙分。
傍岸浮鱼子，离群复入群。

大雪前日作

梦与家山对，家山梦却重。
云来峰半隐，寒极雁无踪。
羁路每存戚，思归愈动容。
明朝西岭雪，莫压老残松。

次禅衣岭下

我来君不知，幽径通林晚。
一涧瀑声清，数峰云衲远。
苔深软作床，竹绿阴成苑。
尘外许淹留，山人何日返？

注：禅衣岭在大沩南麓，为齐己僧故地。

丁酉冬月十四日二首

其一

公事田园近，荒鸡日夕闻。
碎霜青薤覆，寒水野桥分。
无暇依晴树，由人看白云。
沾衣多败草，风起舞纷纷。

其二

退归无别事，薄俸养劳身。
人下何称长，年深每望春。
栽花土一匮，忆昨酒三巡。
应谢承平日，鸡虫不较贫。

冬暮

好景看将暮，无声楚水流。
殊方犹未雪，浊眼对寒洲。
鸟护江边树，茅荒陇上丘。
西峰斜拱日，相送有虚舟。

雪夜寓直

开炉凭案牍，斗室避深寒。
风雪北窗过，文书中夜看。
敞怀如纸白，片语寄人安。
相慰前庭树，空枝莫折残。

夜行

明灭疏灯影，萧条落木群。
雪残人在路，山静月连云。
夜市形容换，车窗冷暖分。
倏而惊伛偻，风过不相闻。

饯腊

黄雀林边散，白鸥江上盟。
细寒犹在路，腊月忽开晴。
雪尽梅心袒，风来柳眼醒。
相望复相送，春草悄然生。

楼顶阳台培土尺余，暂植油菜数株，下季不知该种何物，颇费思量

一匮复一匮，檐边垒土斜。
或为青竹荫，或种紫薇花。
更或依时令，丰收有菜瓜。
但凭方寸地，清气养吾家。

戊戌新春易君邀饮私享品，因事未往甚憾

怯杯犹似昨，发兴却宜新。
君有自在意，我非私享人。
百年难换骨，一醉可通神。
同记五湖雨，他时共洗尘。

登玉笥山二首

其一

不知烟水外，千古几凭栏。
欲去频相问，登临别有看。
飞檐簇高树，清浪濯遥峦。
竹响风摇出，长闻楚调弹。

其二

野径踵人行，贤祠玉笥明。
冰消梅未晚，风暖草新荣。
日月依常轨，江湖泊古情。
惟魂招不得，独觅旧渔声。

拟李陵送子卿归汉

置酒苍穹下，茫茫白雪花。
莽原埋断戟，野哭黯悲笳。
此去君全节，休嗟我失家。
南天犹可望，残月静寒沙。

早发

早发清湘路，天寒雨尚微。
直堪随晓箭，不敢减春衣。
随处身如缚，中年髀渐肥。
东南将百里，青是楚山围。

湖潭溪涧

桃源不得入，洞口向嵯峨。
长有响瀑落，暂无幽鸟过。
涧中小天地，尘外大摩诃。
何物修行久，寒苔老薜萝。

入扶王山闻峰阁

青气下扶王，到山春拂面。
鹃花缀翠丛，蕨菜资清宴。
十数俊游人，往来飞蹴燕。
溪声共竹声，闻罢开书卷。

注：蒋亮阳在此筑庐，自号“闻峰阁主人”。

甲午除日雨中回乡过年

轻寒来问讯，细雨接长车。
路已牵情去，尘应到岁除。
忆炉柴火旺，看树翠芽舒。
归梦年年似，今年又复初。

病起

糙食何伤腹，微劳不息肩。
偶然耽小疾，方始悟中年。
花入门前水，蘋生井底天。
四围青草色，铺满沃州田。

感时

高卧北窗下，风尘暂隔离。
车过频扰梦，花落厌为诗。
孤客书能伴，病春谁可医？
感时何止我，闻竹亦垂眉。

被友人偷拍照片惊现白发

满目花皆好，蹉跎我独愁。
几回问妻子，只答少年头。
白雪惊他见，玄霜岂外求。
流光无可避，辛苦慰同舟。

暮春二首

其一

坐昏无所适，移步石桥东。
小听流泉曲，同邀拂面风。
短丛藏笋直，深棘缀蘼红。
粉蝶悠然在，往来花径中。

其二

留人赏春处，看蝶绕花时。
春味花能解，人情蝶不知。
绿苔侵玉砌，红粉入清池。
池上浮鱼子，年年跃此期。

芙蓉寨

浮云峰外短，晴气岭前长。
野径无行客，春风自逐羊。
丛茅新苜蓿，乱石老池塘。
幽处仍怜鸟，相和近断墙。

题野樱

野樱何足贵，高入野人班。
一月花初醒，千峰鸟不闲。
殷红透云水，熟落在家山。
寄语逍遥子，休欺石蹬顽。

入花果园

背岭入复入，田畴豁眼真。
相看荷锄者，不是避秦人。
种芋柴门外，牵牛野水滨。
乡茶欲有问，幽处未全贫。

双狮岭

岭表无尘味，人来不减幽。
树莓红自落，坡草绿将流。
旧垒双狮背，新声野雀喉。
云浮天北际，懒顾小山丘。

初夏雨后桃花湖泛舟

同行七八子，转过二三湾。
漫拨舟前水，贪看雨后山。
山云留雨住，水荇拽舟还。
偶见斜飞鹭，来分钓客闲。

汴西湖

王气连城廓，晴光水面开。
灵湖今有约，雪鹭自飞来。
天净云如锦，楼新歌满台。
绿堤千万树，都为后人栽。

戊戌岁父亲节有作

云残西日落，山寂竹蝉鸣。
已失床前奉，谁堪垄上行。
新坟风烛尽，故井石泉清。
怕见回魂梦，如何说此情。

奉题花明印象酒家

花明南楚地，风润蕲川余。
况近刘公宅，能观五色鱼。
江弦传雅座，乡味入时蔬。
壁上蟠龙舞，何人醉后书。

闻朱乐平过宁乡不遇

南风吹案牍，佳会每多删。
世味随甘苦，诗人独往还。
长波沩水路，深树祖师山。
九月藤梨熟，待君偷一闲。

寿岭南张野诗丈古稀

岭南将献寿，佳气早浮之。
识我曾何有，慕公今未迟。
磋磨笑吹叶，隐逸淡吟诗。
尘路多遥想，烹茶掬露时。

入关圣村二首

其一

莫问孤村路，随缘即胜游。
候迎多白发，歇舞下银鸥。
海国虚怀梦，天涯尚隐忧。
傍溪桃熟遍，不见武陵舟。

其二

暑气侵祠庙，山光浮涧滨。
云高存鸟道，松老见龙鳞。
遗世独存义，千年无避尘。
谁能解名利，问卦有来人。

龙田山居

地僻沙蓬长，门虚野客闲。
感风云出石，过午雨凉山。
宛转青蝉近，轻盈白鸟还。
才逢采菇女，小径入松间。

秋夜高峰塔别莲城诸友向衡阳

戊戌秋偕廖老超群晋文南游经湘潭，睡公鹂漫安定坚桥诸友相待甚厚，有此作。

百里如跬步，因诗结好邻。
往来皆可忆，相见未嫌频。
高塔秋风外，层云旅雁巡。
中宵向衡岳，各惜自由身。

晚次衡州

自别蒸湘路，风尘二十年。
碧山新饱雨，秋水暗浮烟。
罢逐轻肥梦，又回鸿雁天。
故城无大事，石鼓老江边。

重登回雁峰

名山挥别久，江海岂相猜。
能许雁常住，何妨我又来。
雁翎梳白日，我履拭青苔。
簇树高檐下，禅门闭复开。

南华寺谒六祖法体

心上浮尘满，眼前诸事空。
仰师于异代，来此揖秋风。
日照菩提白，灯传佛果红。
檐头幡自动，不必问初衷。

宿鹏城

悠游三五日，梦作自由班。
凉月南窗入，窥吾此夜闲。
街灯寂高树，海国见重山。
咫尺仍遥想，明珠老不还。

南岭道中

粤北三番雨，湘南几片云。
雨中秋渐盛，云上雁为群。
桥过东坡驿，山藏子美坟。
导航时有语，指点路途分。

北归

作别繁华地，驱车向北乡。
归期无大梦，半日过衡阳。
已共人三五，还迎雁几行。
谈资有坡老，九死在南荒。

戊戌中秋次日赴鄜州寻杜公北归旧迹

好月因谁白，秋风又几巡。
抛开万般事，暂作独行人。
湘水波无定，鄜州路已新。
江湖旧儿女，不必问前身。

过大明宫遗址

古泥埋翡翠，深草寂荣光。
城上云无尽，人间劫已常。
西风不问路，老柳又吹黄。
残础依龙首，何砖属大唐。

西安钟楼

去去高楼下，长安市正哗。
悬钟风里定，细雨梦边斜。
黄落三秋叶，红消百日花。
四围无壁垒，犹得走香车。

长安客舍与荣西安兄夜话见别

中秋错过月，客舍共论文。
尘海交非易，诗心远未分。
潇潇夜空雨，漠漠岭前云。
不得同牵袂，长街笼桂薰。

秋日玉华宫肃成院故址，用杜公“溪回松风长”分韵得风字

秋烟下寒石，足迹踵诗翁。
隔世山犹似，寻幽梦不同。
试穿苍鼠壁，来沐大唐风。
报得先行者，霜林渐欲红。

沩山根雕

雕琢天然意，重生万类殊。
松山开鹤道，凤阁探龙珠。
水静人来晚，雁飞风似无。
匠心檀胜地，刀笔下深湖。

宴归

醉月何曾见，归人路转西。
共知湘水岸，不复老猿啼。
豪兴真非酒，欢情且共题。
几时重此会，相送暮山溪。

关山农家

挥箭当时地，泰平何处庄。
篱笆新院落，苔藓老城墙。
日暮羊牛下，秋清风月凉。
桂边值邀酌，香雾渺苍苍。

立冬前夜作

夜雨送秋尽，长风匝地寒。
小城无道乐，中岁有贫安。
菊瘦根犹健，荷凋藕未残。
檐前欲新植，梦竹已千竿。

题浏阳淳口枫林湖村千五百年古银杏

斯世为何世，遥山拱近山。
沧桑焉管顾，风雨每经看。
地迥登临易，天高放逐难。
千秋自荣茂，尧力岂相干。

偶题

东洲柑熟早，西岭菊开迟。
木落乌犹宿，秋残梦尚痴。
十年无大志，小退胜多思。
偶值清霜约，成吾一首诗。

十月十五夜对月

好月明人眼，高楼对此圆。
两间成满照，万古尚孤悬。
风细空庭树，霜流广泽烟。
书生寂寥夜，历数中兴年。

女儿出窠

小窠缘自续，寒日胜三春。
都爱花儿美，何如掌上亲。
明珠遂人意，满月证天伦。
红蛋兼红酒，调来味更醇。

女儿抓周

年来家事好，日日沐晴岚。
苗幼清芬长，珠明碧月涵。
植花人至乐，筑梦手先探。
去岁新埋酒，应添少许甘。

女儿学步

微步凌波地，春风引袖时。
咿咿轻唤者，怯怯欲趋之。
渐失蹒跚样，平添俏丽姿。
前头芳信满，无处不成诗。

女儿两岁

欢情何处见，成长有痴儿。
小步随风劲，清声入耳宜。
每回添幼齿，或为咬唐诗。
便告春秋好，开门世界奇。

女儿三岁

门阑日日喜，今日喜尤加。
蹦蹦红棉袄，飘飘白雪花。
性当随汝母，天分幸吾家。
佳气时来者，庭枝浅着芽。

女儿四岁

娇儿常绕膝，无事不舒眉。
此日欢游地，霜枫燃火时。
对花三问母，指路百存疑。
偶吐西洋语，笑吾何译之。

动物园

搜尽丛林客，安居南市头。
使逃山水恶，共享泰平悠。
得食拥天地，无知即自由。
游人安识趣，指点说牢囚。

晓发

好山连好水，冲晓更冲霜。
去去风相过，朝朝路引长。
寒洲埋靳祖，高树拥刘乡。
荟萃曾何盛，无为愧稻粱。

碧湖读山诸诗友有湘潭杨嘉桥之邀憾不至感作

水上晨凫浴，霜边晚菊柔。
天清仍苦行，云白羡嘉游。
有道贤人会，无为野客流。
山禽自生兴，片语不言愁。

秋夜偶作

倏然夜雨尽，河汉洗空明。
凉吹清无象，月华柔有情。
梦垂荷梗白，露浥桂花轻。
彻曙都忘寝，听蛩到五更。

将腊

听风鸣北牖，煮酒问谁家。
凉坐心无定，迟归梦有涯。
山云沉石涧，天渚下寒沙。
岁晚梅知我，垂垂欲发花。

冬日北城有作

晓辞南郭梦，暮入北城隈。
野阔风无定，天寒雨不开。
动容怜水荇，适意想山梅。
问讯遣霜鸟，前村去未回。

遣闷

须断诗犹废，思慵性未专。
有时坐乡茗，无事想山泉。
岁晚风尘路，江南雨雪天。
炉边话童稚，煨芋在何年。

腊夜

雨雪江南尽，薄霜清夜回。
久违天上月，初照腊中梅。
乡路春朝引，西山寺鼓催。
凉风自无赖，吹律动葭灰。

老白备盘龙酒招饮于资江之畔，余分韵得江字奉呈席上诸子

资水浮霓彩，樽龙影碧幢。
欢多夜欲半，酒尽意难降。
白雁自投野，青云迟渡江。
裴亭留一慨，古月忽横窗。

元夜独直友人来陪小坐饮茶

上元孤署夕，云重月无缘。
一过逢时雨，同闻爆竹天。
碧螺芳澹澹，君子意拳拳。
遣兴惟新句，愁吟莫共传。

倒春寒

草色才添绿，寒声复遣闻。
凄迷南浦雨，翻覆北山云。
弱笋伏将出，长松立不群。
落梅清吹里，新朵又纷纷。

盆植春兰已开数朵蕙兰亦见作苞甚喜

温玉才垂露，春风已到家。
不嗔不烂漫，益静益无邪。
陋室王孙远，芳泥燕子奢。
清看容我独，岂待俗人夸。

伐笋

过雨山泥破，新风味道殊。
刨锄今日下，伐事后来无。
林立诸君子，休嗔一俗夫。
胡为荒野种，真可拂云乎？

杂诗十六首

其一

春雨湿窗幕，晚风吹不干。
相闻车过市，对坐案头兰。
奔走浮生忆，雪泥随处看。
小城许栖息，暂莫赋艰难。

其二

春草无声息，谢公吟既过。
清池任云幻，白日照花多。
镇静潜龙鳖，喧嚣动鸭鹅。
好风犹不定，野客意如何。

其三

世事闲中遁，故人相见稀。
不劳宣室问，却赋子虚归。
止雨竹方静，无风花自飞。
倚窗成小梦，漫拨楚云围。

其四

闭户不欲出，真如一统时。
自圆中国梦，自读右丞诗。
老树传风响，新苗静露滋。
檐前偶相唤，三五落莺儿。

其五

好汉谁家子，江湖莫可论。
官人还姓赵，行者早随孙。
起死回生手，通天彻地门。
于今重执去，衙内正招魂。

其六

今日复明日，朝晖又夕晖。
疏慵人易老，孤拙事多违。
芳草半侵路，绿荷新拂衣。
江南水风里，犹得忆轻肥。

其七

已知鲜韭熟，正待早荷开。
守道烟尘里，凭风左右来。
云空飞白鸟，水石染青苔。
吾辈穷非独，天恩养不才。

其八

中夜不欲睡，北窗闲处开。
声闻车辘过，影见月光回。
外物有何扰，孤沉无自哀。
清樽故人歇，遥寄好风来。

其九

中岁好山水，每为筋力张。
人前夸禀赋，林下远浑茫。
无路石溪引，未名花草香。
汲泉想麋鹿，清透九回肠。

其十

东来一江碧，西望万松闲。
何处有芳草，夕阳停故山。
思空云水里，行倦路尘间。
莫近垂杨柳，无风送客还。

其十一

药裹封尘久，书签任所之。
本为随意客，归属灌园时。
湖海虽无份，消磨尚有诗。
只堪明镜里，霜雪不能辞。

其十二

试算今年事，无稽到绝纶。
悬刀浑未觉，所学半非真。
嗟此混茫地，藏谁独善身。
沃洲虽水美，归去不由人。

其十三

莫计端居日，霜尘坐小楼。
窗虚风到案，星淡月归秋。
旧梦多成幻，新诗不避愁。
更堪长夜里，闻蜇竟无休。

其十四

今岁稍余憾，栽荷不发花。
转秋成断梗，无语对凉沙。
水浅鱼休问，泥深藕自斜。
料余污浊眼，那分赏流霞。

其十五

万木将凋日，吾庐尚有花。
弱枝风不定，繁朵雨追斜。
自得红颜好，无为粉蝶夸。
疏篱勿相吝，随意入邻家。

其十六

连天寒雨尽，积雾小城围。
虫鸟噤无语，风尘暂息机。
耽诗心力瘦，坐案肚腰肥。
却笑西山客，不才犹不归。

王贤村访古槐兼怀摩诘

过客衣冠异，高檐气象同。
远知今日树，曾镂大唐风。
白社源泉在，青门雨露空。
翻飞枝上雀，何必问穷通。

出游

二月动游兴，阳和抵万金。
云山将所适，花鸟正开心。
清吹石桥路，绿烟松树林。
涧泉知避俗，自去自成吟。

送春

扶槛一襟风，山亭上暮钟。
落花陪久坐，啼鸟唤初逢。
新白数茎发，长青万壑松。
老岩溪自转，远去亦从容。

植竹

倚墙孤石静，植竹数茎稀。
瘦骨风来野，新根土入围。
微能添雨兴，万莫想云衣。
秋夜留蛩住，论吾卌载非。

遣闷戏呈海老

世事新闻里，传奇故纸边。
春风宜拍鹿，秋雨不怜蝉。
梦既迷蝴蝶，心何托杜鹃。
黄粱兼绿韭，大庆有丰年。

野老

野老挂锄罢，清阴趁小眠。
书藏神禹穴，梦入圣尧天。
灵木自千岁，风潮忘百年。
醒看满园韭，一翦一新鲜。

开福寺碧湖诗社有湘丰茶园之约憾未至简诸子

落落红尘里，朝朝出复归。
因缘能共健，雅志惜相违。
露润茶新发，风停花不飞。
看云迟渡水，暂解一忘机。

奉题郭志军山居

卜筑烟霞里，沩乌此合流。
近通鱼穴晚，遥想鹿门秋。
草木有自爱，云泉无外求。
佳辰欲盟醉，来往莫猜鸥。

蚯蚓

亦诩龙之后，潜夫梦未休。
吞声知静好，去骨得圆柔。
斯世虽为饵，他生要赐侯。
神农无理甚，本草入何由。

丁酉岁秋日赴京诸师友厚待见忆

闲马瘦仍劲，长鸿去复来。
京华一为别，两度紫薇开。
怯酒终违俗，还诗纵不才。
何当共疏放，湖海兴悠哉。

春雨

浮世悲愁集，沉云否泰争。
夜来频扰梦，焉得细无声。
荡垢天官事，驱瘟国士能。
千山门户闭，难阻雁归程。

有寄

君今朝玉帝，精魄在云湄。
请把人间愤，都填王母池。
百城严未启，万口冻何知。
来者不言悼，真非无悼词。

漫成

林烟空小径，初日落轻纱。
漫听长溪曲，怜看二月花。
乳蜂贪蜜久，青雀蹴枝斜。
生态自新意，暂无生事嗟。

宁乡市第一次文代会即将召开

沩水清及远，沩山高有余。
正期千棹发，况值百花初。
天宇翔丹凤，云潮纵白鱼。
好风开画卷，待与众人书。

阳台金银花开放甚繁

本色还双至，奇香又一年。
无为送春日，自得有情天。
繁叶隙窗入，垂藤与砌连。
莫将成独赏，诗奉故人前。

偶成

远路未知津，容居不择邻。
乾坤已难识，草木转多亲。
竹拔绿盈屋，花晴香满身。
山禽偶相过，又复逐风尘。

喻家坳探栀子花基地

捧玉团团白，扶风寸寸香。
总为生意满，不独此山藏。
抱朴谁能匹，涵珠气未凉。
想知明月下，偕与吐辉光。

古津

野槛留行客，残碑认古津。
往来桃李世，无计醉醒人。
晚日山无语，归渔水渐皴。
沙头系舟处，鸥鸟暂为邻。

访云仙寺明理禅师

云前本归处，衲履未沾尘。
道觉须弥小，仙家岁月贫。
长泉不避客，真石善藏身。
农舍山门外，福田耕有邻。

关山健峰农庄雅集

路转春山外，人来数鸟哗。
不才闲下钓，雅客伫看花。
酒向风亭酌，诗从水槛赊。
入林三五子，深竹动烟霞。

鹿鸣诗社成立十二年感作寄诸社友

长梦欢情在，呦呦向白云。
雁鱼时有过，山水自难分。
适意看溪竹，随缘捧野芹。
文章每同病，不必叹离群。

吕夫子捧邯郸酒召饮梅溪湖畔，余憾不欲酒而见之于贤者，席间拈韵得江字

奉座邯郸酒，滨湖月一窗。
岂疑心未动，终是手先降。
枫麓秋燃火，星城夜枕江。
迩来多太息，佳会感无双。

诸君有大沩之约先寄

千峰古沩路，足迹踵先行。
过雨溪声壮，入云风气清。
自应知快意，不独仰高名。
为有平生侣，山山秋共情。

早秋寄怀

岭表曾云落，人途白日荒。
叶秋风片片，鸥暮水茫茫。
故梦移千里，归愁殢一方。
宁知不散发，岂是厌沧浪。

晚步亮月湖

垂柳褰衣袂，澹然随所之。
晚风无定处，吹叶到秋池。
月缺谁能补，云寒雁自知。
草蛩长作调，如诵古人诗。

醉归

倾杯忘所知，微雨意迟迟。
一醉有尽处，万言无忌时。
风流樟叶底，香绕桂花枝。
如泛秋江水，长篙任去之。

秋田

香稻风吹熟，秋分又一年。
留村惟野老，守梦在乡田。
箩满还添粒，身疲不息肩。
趁晴微暑里，挥汗亦欣然。

中秋夜作

十五团圆夜，山庐坐杳冥。
微云正布雨，好月未牵星。
坩僻鸡催梦，草深蛩作铃。
翻怜天上客，何日不劳形。

昨夜兄戒酒封杯仪式设于河西，将赴观之

前番误梅约，不觉桂花期。
聚合休论盏，逢迎但有诗。
晚禾耽雨久，秋雁送晴迟。
求醉岳麓下，江湖忘所思。

庚子除夕前一日回村过年

未计求三亩，归来小驻身。
山寒风绕树，村暮雨迎人。
守道惟余拙，无为愧所亲。
门楹对佳句，聊与赞新春。

八月十七有作

未就东山月，徒看北苑花。
中秋逢大庆，积雨坐长沙。
道挫云连野，天殇谷作芽。
绝知寒露近，抚廪向谁嗟。

秋日登碧云峰

行行由驻足，役役不随身。
隙日垂如瀑，落云飞向人。
松杉高处寺，烟火下头尘。
流响偶相过，拈声亦好辰。

所居

所居秋草净，物外少知闻。
水近鱼龙集，山遥猿鹤群。
人间若无我，天上岂行云。
肯为舒吟故，归闲坐夕曛。

注：首句借少陵句。

冬夜

寒气沈凝夜，书斋阒寂中。
巡檐归去月，爱竹晚来风。
兼济身何有，孤吟意许雄。
明朝霜万里，萧瑟梦无穷。

湘水吟

浪白围湘渚，霜红漫楚天。
风迴江阁上，云渡少陵船。
文焰光他世，烟尘似昔年。
长教寒士辈，空忆古人贤。

十二月十七日作

岁事行将尽，孤城水去长。
消融南雪后，寥落北风凉。
白石眠枯泽，青松抱大荒。
西沩凝望久，山暮更苍苍。

春日访永华兄农庄

绿涨檐前树，芳侵池畔门。
因居出尘客，得似浣花村。
细露犹沾履，春风不着痕。
主人能意会，腊酒已先温。

辛丑人日

道途谁共与，春令向人通。
地引芬芳气，天开浩荡风。
羊皮留自惜，马角戏他逢。
甚为轻造物，看云西复东。

小圃

小圃冲寒久，耘锄懈未施。
阳生短至后，香落菊花枝。
老韭不耐冻，忍冬犹自持。
徘徊味殊乏，驻看碧苔滋。

辛丑中秋前夜翻睡公微信朋友圈，时近周年忌日

屏上摩挲遍，思公多病身。
君诗若元气，足以疗烟尘。
道迥魂何在，山秋月又巡。
因知九泉下，不使有迷津。

观电视剧《走向共和》兼怀中山先生

莫向医家问，生民救得无？
且将新世界，来对旧蓝图。
草木经春绿，风云过眼殊。
至今天未堕，真有巨人扶。

春日游草坪镇

识得春声好，花鲜草漾波。
时风梳嫩柳，轻露润青荷。
江暮归帆近，亭深古韵多。
今来重击壤，不复旧渔歌。

秀山普光寺

扶杖山门晚，映阶苔色深。
树依投壁月，人有寄禅心。
峻石通神逸，遗碑续古今。
清风檐下过，独向老泉吟。

过同庆寺有怀集齐己诗句

静坐云生衲，相思绕白莲。
有谁于异代，并手摘芳烟。
岳寺逍遥梦，松声里落泉。
秋光浮楚水，空使外人传。

第一至八句分别集自《吊双泉大师真塔》《寄怀江西栖公》《寄哭西川坛长广济大师》《谢中上人寄茶》《拟嵇康绝交寄湘中贯微》《寄江西幕中孙鲂员外》《送林上人归永嘉旧居》《荆州新秋病起见苔钱》。

咏廿四节气

立春

寒尽开新律，谁家腊酒温。
听风传竹响，有雪到柴门。
林薮松溪暗，霜天鸟道存。
朵梅檐下笑，便欲动乾坤。

雨水

天假龙王手，来行大布施。
万山荒草木，分雨竞先迟。
涧响清泉涨，风和紫燕知。
青青岩下笋，破土正宜时。

惊蛰

春风疏懒久，随意野人潜。
好梦雷惊去，余寒雨复添。
江花红入水，亭柳绿垂帘。
起蛰还如我，耽吟调不谦。

春分

南陌花开遍，分春过北溪。
露茶青欲滴，田垄绿将犁。
入竹风声细，出山云脚低。
双双新燕子，来去采晴泥。

清明

领略晴光好，清明清气扬。
日移垂柳影，风递野花香。
营蜜蜂相逐，采茶人倍忙。
谁为春色主，原上有行郎。

谷雨

布谷催山雨，春烟逐望斜。
渐柔芳草地，趋暖白茅家。
篱畔垂青果，溪头送落花。
蓑人挂锄罢，邀与试新茶。

立夏

莫问留春地，岩溪出远林。
红残欲有替，绿涨渐成阴。
俊鸟追晴舞，暄风助朗吟。
人间好山水，同味白云心。

小满

一春耕事废，蒿棘掩村途。
风雨人间满，逍遥何处无。
数池分碧伞，几户煮香荼。
荼味休嫌苦，能将新热驱。

芒种

园住欢鸣雀，斋藏易老冯。
平居多有暇，夫子十年穷。
梦醉梧桐雨，香飘菡萏风。
北窗山一角，青与旧时同。

夏至

风尘万里余，菡萏小池初。
白日云移走，青春水不储。
渐甘桃李世，高束圣贤书。
何得西沩地，试求三亩锄。

小暑

何方避炎暑，林下隔尘埃。
片石闲依树，无人自着苔。
退衣蝉噪起，饱食雀飞回。
渴饮前溪鹭，甘凉不费猜。

大暑

无火天流火，迷津谁问津。
三秋凉月远，一夏苦蝉真。
世有趋炎辈，山藏半老身。
尚能怜草木，晚作灌园人。

立秋

地蒸花木气，风入薜萝床。
灼日无偏恨，鸣蝉有自凉。
欲将苔作枕，能以梦为乡。
兴尽潘仁赋，飘摇一叶黄。

处暑

久暑催身倦，新凉报梦迟。
青飞云岭下，红褪石榴时。
风叶频经眼，村夫未展眉。
山阴残局在，进退不由之。

白露

白露清凉足，天香悄寂生。
中分山上月，满照水边城。
幽独行将倦，神游远自明。
晚风知我处，倚槛听蟾声。

秋分

秋光匀昼夜，秋气逐人来。
失意蝉余响，宽怀菊欲开。
一轮冷山月，何处望乡台？
遥忆登高处，又为寒雾催。

寒露

广林凋木叶，秋色静黄昏。
望野随云雁，凝寒入水村。
荷残空举伞，菊瘦暗销魂。
何处寻栖止，南山不闭门。

霜降

乡心无歇处，长日对遥峦。
露气宵凝白，云光晓带寒。
木黄栖鸟动，秋杪故人安。
同会登高意，重阳菊好看。

立冬

竹声穿小径，荷梗泛清霜。
起早无他事，看妻晒袄忙。
时风西转北，花意独余黄。
负手嗟何梦，秋心过即忘。

小雪

小雪何曾雪，无花雨作花。
北风凋晚树，寒鸟落谁家。
处处行人少，时时归路斜。
冬衣虽不贱，所幸未须赊。

大雪

梦与家山对，家山梦却重。
云来峰有伴，寒极雁无踪。
羁路每存戚，思归愈动容。
明朝西岭雪，莫压老残松。

冬至

坐久寒林侧，惯看霜鸟过。
自凋千树以，能辨一阳何？
白雨传优诏，青霾掩醉歌。
惟应春入梦，柳眼对松萝。

小寒

何日更何地，生涯类楚牢。
开窗仍冷寂，迎雪暂徒劳。
路有犬遗骨，山无凤落毛。
北风若相问，大野满蓬蒿。

大寒

寒雨空南北，住山闻海涛。
雪情犹在望，春事不偏劳。
境若随心转，愁何用酒消？
想知鹰隼搏，还恐夜风高。

沩水杂诗二十首次少陵秦州诗韵

其一

处处耽苦热，时时思远游。
诗穷难罢赋，力减偶生愁。
石出潇湘浦，风回草木秋。
白云江上住，凫雁几淹留。

其二

沙沉云梦泽，波覆楚王宫。
一枕千年忆，前身万事空。
王孙新玉牒，渔父老江风。
楚客从熙攘，朝朝发日东。

其三

沩风三百里，日夜走江沙。
迴水通鱼穴，前山是竹家。
桥曾状元过，路向野人斜。
把钓逢来客，饱囊因自夸。

其四

渐收莲萼日，欲发稻花时。
闲作泰平喜，微消老大悲。
斯文何足道，升斗不应迟。
濯背溪清浅，秋阳一曝之。

其五

野人谈国是，回首百年强。
梦入高云在，欢呼圣日长。
紫薇迷彩凤，红蓼活青骧。
闻说南陲恶，无风渡彼苍。

其六

黄叶夕阳路，凉蝉催钓归。
荻芦风点点，藻荇浪微微。
争食如鱼众，求闲似我稀。
我离鱼尚聚，翠鸟下塘围。

其七

痴人梦买山，溪树绕其间。
花径偶然扫，柴门不用关。
客来扶酒出，醉后吐诗还。
得意惊妻子，因何动睡颜。

其八

说梦时难定，还醒日几回。
叶随秋信落，雁逐海声来。
湘泽风犹炙，桃源洞未开。
云烽下渔港，望极不无哀。

其九

兵道余残石，新亭换旧亭。
再无行马白，不改是山青。
榛底司徒墓，峰前处士星。
松风没人语，犬吠出烟坰。

其十

西驿古山仑，由来气象繁。
慢云登岳顶，急瀑下沩源。
车入松间路，烟生竹里村。
客心此何寄，远磬出僧门。

其十一

波揉云面碎，风压柳条低。
落鹫时梳羽，沉鳅自哺泥。
迟回新市北，扰攘古桥西。
妇道学歌舞，欢声如鼓鼙。

其十二

裴休晚送子，齐己少聆泉。
沩水双源会，道心千古传。
风高天未老，秋至月无边。
黄叶疏钟外，飘飞亦自然。

其十三

识山楼上月，今夜照谁家。
弄影多青竹，无声动白沙。
远分归马地，自熟野人瓜。
疏密草蛩语，何将听菊花。

其十四

沉础曾何地，遗商剩有天。
青羊迹易显，白虎事难传。
构筑开新宇，经营掘古泉。
游人自如织，谁忆酒池边。

其十五

上国龙塘外，留光鹤柏间。
功名全半璧，父子死同山。
去去临安远，悠悠湘水还。
无为徒此揖，惭说鬓将斑。

其十六

老桂松坳里，在群犹不群。
阴栖动清籁，香令散疏云。
世易人烟失，垣残鸟鼠分。
滴泉余废井，故事莫相闻。

其十七

古桥铭古训，闾里重辉光。
树荫汉家石，路连杨氏墙。
清流通晚市，绿野认前堂。
再渡怜何事，临风一曲长。

其十八

退食闲何去，垂纶坐不归。
微云细风里，片月掩清辉。
未遣鱼信到，偶闻梧叶飞。
秋空凉浸水，龙府逼霜威。

其十九

散发归何易，知非改亦难。
沉云满天际，断雁下江干。
夜倦琴书短，秋吟霜露寒。
南山自有径，颇奈鄙登坛。

其二十

书剑今休问，江湖味自知。
风烟摧鬓发，寥落愧妻儿。
篱菊霜前路，秋荷月下池。
野寒犹听鸟，栖稳百年枝。

第二辑

七律

九月初三夜作

岁华空去笑吾曹，楚国秋风正画牢。
第一峰看黄叶下，初三夜对紫微高。
布衣事业蛛封网，棋局江山马卧槽。
渔父料应随老子，闲人何意捧离骚。

塞上尹公见和简此以答，兼寄杜公潘公李公书签及京华诸友，仍用九月初三韵

信道诗人作水曹，有时意马未拴牢。
诸君珍重长安近，塞雁飞来北海高。
解向荻花收玉屑，例看枫叶想金槽。
听吟新句如清露，阶上寒苔亦著骚。

五九有作

纹坼蓝图未一施，流年又到送寒时。
三千梦外人何在，五九江边柳醒迟。
渚石不移长袓白，晴波微漾且多姿。
纷纷梅蕊开霜眼，为笑杨朱哀路歧。

注：乡谚云“五九六九，河边看柳。”

冬日过水村

北吹南来路几重，宾鸿一去不留踪。
春无声息梅自发，我有钓竿谁可从。
海外尘飞知走马，峰头日落笑攀龙。
水村况味如相问，乐下江滩愁倚松。

暮春夜作

春去无言梦自参，回看泡影已而三。
妻添白发吾之过，花落青山雨亦惭。
岁月难消游子意，逢迎恰作老生谈。
强因数盏浇肠后，莫向人前说不堪。

闻友人遭讼

未信纠纷累汝身，落花风雨骤伤春。
羊城把臂青衣短，乌水同舟白鹭真。
何处从容能寄语，百年遭际不由人。
谪仙犹窘夜郎厄，暂避泥涂有返津。

正月初五桃花江雅集

桃花江水本多情，佳会况逢春早盟。
风暖道途牛值日，诗传坐席酒开声。
大功新诏推贤圣，远市闻宣乐泰平。
如此清欢犹及鸟，向阳枝上颂高名。

谒张魏公南轩父子墓次陆游韵

凝望高丘自淹徊，龙塘二老说何哉？
临安烽火吞江熄，岳麓云潮抱日来。
风过应知新树挺，鹃啼那复故山哀。
黄花不管中原事，争向青羊水面开。

注：青羊，即青羊湖，在宁乡西部。

秋吟

野村次第染苍黄，一带疏烟刻渺茫。
苔石藤垣枯坐醒，水风山月两相忘。
雁声初响叶便落，霜信未传衣渐凉。
别去当时无笔墨，归来依旧画潇湘。

谒裴相公墓次易祓韵

千载高风举一坟，皇恩宝相历纷纷。
无边青翠涵春水，万象枯荣渡彩雯。
禅以心传宁有类，神从手出更如君。
至今仰望沩山月，不与旃檀说道勋。

银君履新

曈曈晓日退初寒，佳讯传来影不单。
始别田庄留记忆，右迁云路整衣冠。
满城车马同人畅，十里繁华着意看。
明镜在天心可鉴，大沩清浪濯遥峦。

女儿提前出世有作

入耳呱呱喜欲狂，复看妻子泪沾裳。
终将九月千般苦，来换明珠一束光。
圆梦乃知天泽厚，承恩尤识夙缘长。
今生醉在今时后，隔世花开日日香。

搬家时于柜底惊现茯砖数块

莫笑残诗入底箱，诗魂先在此中藏。
绝无半点风尘色，尚有陈年骨肉香。
浊世不劳颠马背，清流且未及人肠。
暂成一晤仍高卧，留与春秋放眼量。

初夏偶题

海容山色两茫茫，孤卧书斋日月长。
天下丛林传虎斗，人间消息笑龙翔。
阶苔不让庭兰绿，雨气暗分篱藿香。
只近小园参物理，无愁大道与君王。

大沩山灵池赏荷

不到人前花不荣，万花捧出一池清。
招提有境红争发，宝盖无私绿正明。
泥沼潜藏谙世味，风光粉饰重乡情。
山中多少偷闲者，伫听灵龟呷浪声。

至日有作兼为海老暖寿

少陵忧世祢衡狂，诗客冲寒动一阳。
见说千年归夜永，何劳此日报天长。
团沙渚上波藏雪，梦石山前月照霜。
梅欲作苞身不异，泥根有骨引奇香。

春日杂兴

万里清光撒在途，凭栏一望楚云舒。
映江山色明兼暗，吹面东风有似无。
花落已知新序到，莺啼更胜去年呼。
村翁昨夜传消息，春酿香浓正好沽。

炭河里

于衰于盛尽天恩，上国青羊稻菽吞。
城郭一围真入梦，刀兵十万不留痕。
在空云月同山好，卷地潮流向海奔。
江底沉舟江岸树，引人怀古到烟村。

谒富厚堂承宗长纲、维、燕见赠曾文正公全书有寄

远去江湖二百年，风潮漫渡野人田。
长檐卧听峰头雨，老井深澄槛外天。
荷举清芬留异世，云牵龙旆接飞烟。
南窗夜读明灯下，莫许微尘落上边。

元月二日昨夜兄招饮憾未至，晚间与心魔、昨夜二兄登天心阁约以新年试笔

风中消息怨行迟，高阁明灯路引之。
城市尚存烽火印，天心不见斗星垂。
绕墙韶乐留人驻，颂世文章避酒知。
莫问登临谁共赋，柱前遗刻尽能思。

过正定隆兴寺观历朝以来壁画木构古贤碑刻俱在焉，并踏前殿遗迹

闻说檀乡是帝乡，新龙兴后旧龙藏。
风留壁上无名印，云重人间大佛堂。
老树依然抱青翠，古碑从未写荒凉。
似将春草生残础，一带琉光映日光。

上班途中闻老家初雪

又出家门未敢迟，轻寒欲破暖衾时。
叶何栖定晨风曳，人在行途宿雨知。
顾我当年常落魄，到今无事不关诗。
西山百里闻初雪，意使新梅发一枝。

意坚兄招饮河西与诸公同赴，席间拈韵得相字

共追清月过山梁，斑竹风来带露香。
闻笛已知灵麓近，驻车思纳晚亭凉。
酒生刺激添慷慨，诗有推敲感互相。
醉倒灯前休看剑，免教梦里说兴亡。

堂成

来径无须刈草茅，北窗差可俯城郊。
好风从此登楼夜，执手青春探月梢。
梦竟初成如我愿，竹将新植待莺巢。
浮觞若共嘉宾笑，不悔囊空自解嘲。

东车古渡

稻香流处暮烟低，入水青峰数点稀。
夕照远随苍鹭落，渔舟斜曳彩绫归。
开江对酒旗方展，傍路穿花蝶正肥。
欲把长情留野浦，新亭古渡两依依。

梵净山亚木沟

藤树巉岩浸绿苔，桥亭转处起沉雷。
云边水向天沟落，谷底风从远古来。
荡净俗尘留玉叶，磨穿砥石作琼杯。
于今真有洪荒力，要把溟蒙一扫开。

岁杪闲吟

野村落木叩寒钟，雪未临山序已冬。
原被霜尘衰草黯，天流朔气乱云浓。
江湖坐老俱成病，岭壑看归遍忆松。
谁解长安飞入梦，秦关楚塞数千重。

属相自吟

漫劳汗血未称雄，负垒寒村野麓中。
不是人间无伯乐，最怜云上有虚空。
江湖泯灭曾留迹，海岳何差一掠鸿。
春草又芳侵古道，扬蹄正可揖东风。

楚留光兄诗集《夜空光芒》见赠

青鸟声传夏簟凉，参横万里看星芒。
读君文字莲花洁，叩我心窗斗室香。
归梦自宜亲竹月，平生今始检诗囊。
湘云鄂树同斯夜，未使新词滞一乡。

郊行

几时能得一逃禅，邀向春溪溯紫烟。
暖日过山才半晌，青松入定已经年。
蜂游花底香初透，燕绕梁间影可怜。
老少争欢不争席，开樽各话酒中天。

田野山庄聚饮得楼字

褪尽秋光梦未周，四围霜气掩重楼。
何人就菊簪蓬鬓，老眼飞诗入酒筹。
呼叱江山明夺盏，逢迎座席暗抛钩。
有为事业无为客，醉笑函关西去牛。

病中二首

其一

听枝摇似醉屠苏，空卧藜床七尺躯。
雨打落花愁已惯，寒羁病肺恨何途？
数年山海风尘作，料此天人感应殊。
千里沉云长不散，惊雷尚待一鞭乎。

其二

与妻陪笑似黔驴，亏负青囊作病夫。
无日晨昏营卫气，为今腠理失通途。
春风入户寒稍减，红雨飞天翠渐苏。
却备当归调血脉，更防新白染髭须。

步韵少陵《诸将五首》

其一

散却硝烟十万山，将军不住雁门关。
功名上溯传奇里，甲胄湮埋草莽间。
远市浮云堆锦绣，连峰着雨隐青殷。
几时回首凌烟阁，想象天尊一解颜。

其二

汉王执鼎俯千城，朔气东来复拨旌。
空有赤潮吞战国，悍然苍岭下奇兵。
无边雪落山回白，万里尘飞海未清。
草垒凭谁收骨肉，哀声不忍报升平。

其三

云上谁教一举烽，三千里路血光重。
碧江有浪同归海，竖子无由屡讨封。
特许倾囊贻下国，拼将掘地养军供。
可怜万户萧疏夜，更得何人赋悯农。

其四

危邦日日乱风标，只恐祥云一日销。
覆雨在途天黯淡，寒山有主梦萧寥。

未教汗马遗中土，空使狂龙续汉貂。
除却纵横无别计，良臣良帅枉参朝。

其五

无边春色自南来，盛世清明不举哀。
新笋直为君子道，好花开对楚王台。
白移云海人千里，蓝染天池水一杯。
焉得万民同紫绂，太平时日选良材。

访易君山居

欲向春山认草堂，主人指引绕村冈。
唏嘘异代高吟赋，品味湘流一举觞。
笑我空怜误黄老，平生大谬学班扬。
几时花径为君埽，犹得斟茶数碗香。

秋亭

云捧亭台地捧泉，翠苍流转尚依然。
尘封旧梦三春忆，风起荒茅八月天。
有限时光雕朽木，无端扰攘责秋蝉。
劳生恐被风尘误，剥落寒苔白石边。

丁酉贱降逢秋分日

箱底残诗一炬焚，悠然晴鸟北窗闻。
几番大梦消余惑，万里青天住白云。
霜未近家篱菊黯，寒初及树露蝉分。
移居就辟神仙地，剩欲依经学老君。

寓居

不住桃源不足论，新城来认旧砖痕。
风应有意频穿牖，月既无缘未到门。
徙梦何消千遍历，捆书今已半年存。
那堪入世仍为客，夜雨清愁共一樽。

题谢子中兄新居

卜筑无差蒋翊居，小城风物养身舒。
晓凭窗也宵凭案，出有车兮食有鱼。
春近芳池迎百子，梦依嘉树乐三余。
挥毫一任龙吞吐，莫向人前笑腐儒。

感怀二首次黄克强韵

其一

山川迎腊复迎春，笙起湘滨似洛滨。
迷醉往来江上舸，激扬文字梦中人。
八千里雪飞将近，尺五天风吹又新。
笑问致君尧舜者，肯留几日致斯民？

其二

十年读易未知非，夜雨孤帆逆浪归。
何处有人传懵懂，天涯迁客敛光辉。
洞门草败貛犹宿，枝上风寒鸟尚依。
莫谓高山松可侍，自来白雪作冬衣。

立春前夜夜雨斋主人招宴次韵

君家好酒不须沽，倾座高谈大有余。
频见清樽浮白玉，暗藏春色是青蔬。
风尘早误琴和瑟，雨露谁惭栎与樗。
饮未饮时皆入醉，梦中梦外两非虚。

除日

天畔浮云去不归，倚门西望意多违。
遍消残雪回春日，懒埽寒尘积垢衣。
无梦可从心上窃，有时搔觉发根稀。
谁家炮竹遥除岁，惊起霜林一羽飞。

次和静怡老《自嘲》诗

联占湖湘第一魁，每凭浩气发洪雷。
老垂凤眼清如玉，双卧蚕眉冷不灰。
耻入高枝共黄鸟，生憎竖子煮青梅。
文章体魄同雄健，总是狂夫带笑回。

山中

非花非雾静芳尘，时雨时晴度早春。
天上总留翻覆手，山中那计往来人。
数传莺语过檐下，微沁兰馨在涧滨。
老树青萝长不改，年年崖石倚为邻。

将赴攸州次玄微散人，时戊戌谷雨日

莫嗟春雨布难匀，相请春风又一轮。
川水未将花送遍，田园已被草翻新。
和声十里鹭鸥集，短壁几家蓑笠陈。
旧日杜公漂泊地，尚闻大雅起湘滨。

夜读《明夷待访录》至入寐，忽为骤雨惊醒，后竟辗转不眠也，起而有作

楼外笙歌消散地，城头风雨骤来时。
急敲檐瓦如悬磬，吹破天雷断梦思。
杜老穷愁犹可问，黄公经略太相宜。
北窗似此无聊夜，妻子酣然不得知。

夜坐二首

其一

竹自摇风蛩自喧，中庭独坐守吾元。
倦看山月花成睡，遥听海云书未翻。
九万里秋近帘幕，三千年劫想根源。
诗吟旧国谁知味，赋到青天更不言。

其二

今人哀乐古人书，偶读降王走传车。
故事千年终反复，天涯何处不华胥。
长安画地龙归榻，此夕看星我在庐。
遥想城西川水活，筑池好为老观鱼。

齐社成立有贺

见山高与白云齐，见水山低云亦低。
秋赋秋声催木叶，春看春燕啄芳泥。
筑池欲共荷花笑，栽竹能期杜圣题。
社结潇湘诗并酒，撑持璧月作瑶梯。

橘颂

初染霜华味正鲜，后皇嘉种又何年。
一洲风爽青连野，万树秋来黄缀天。
异果早呈沩上月，灵根深受洞庭泉。
因知水路通乔口，好奉飘零杜老前。

次韵笙吟先生寄鹿鸣诸诗友

初冬南国雨兼风，偶送寒声到远空。
岳麓霜天留鸟道，洞庭深荻隐渔翁。
看云未散常思月，绘梦多妍绝胜虹。
不羡长安歌舞地，羡君书剑酒杯中。

次韵赠书签女史

小楼一统自归闲，植竹数盆权当山。
镇日书封尘满柜，经年客少砌生斑。
欲为道路千回转，计算行囊两触蛮。
遥忆京华不缘醉，寄言鸿雁几时还。

次韵寄尹公

岂堪长梦坐烟村，忽听琼卮叩帝阍。
何处断鸿犹啸傲，十年回首忆王孙。
潇潇白雨明敲瓦，小小青天暗覆盆。
云路送寒先有讯，书生百感不留痕。

回村

周末回村，同学问卜居之计。嗟余漂泊穷年，故园乃无寸地，于法亦无允可之便，此愿难全矣。因有是作。

人生何处觅虚舟，枉自春颜送与秋。
坐忘白沙鸥试水，怯看黄柳叶随流。
云空北向沉难定，山势西来远似浮。
属我已无三寸地，故园那得卜归休。

湘潭睡公有“一生负气”入诗乃以此效颦

城上风声喧北牖，云头寒水下南桥。
正思李白杯中酒，不对王维雪里蕉。
长夜无眠诗欲废，一生负气梦能消。
坐看盆竹犹清绝，静与痴人两寂寥。

咏枇杷花

莫作寻常色相看，先开一树领风湍。
应怜橘实迟遭雪，或与梅花共品寒。
蜡蒂自持香不露，灵珠在望梦何宽。
明年座上端阳酒，嗑破骚魂落玉盘。

酬宗长相赠野兰花

凉溪已足养时英，斯世偏教重令名。
幽草出山今莫慨，吾家守道古来清。
一帘风入青春转，满室芳传碧玉生。
静处何劳君子折，花虽无语有心声。

长沙王陵

歌舞城楼乐未央，毗邻山径独凄凉。
谁知石马玉鱼地，今作肥獾瘦犬乡。
深穴曝天多积雨，高台病木屡摇霜。
飘零贾杜传闻遍，僻巷无人识芮王。

待腊

漠漠江天入杳冥，沉云急雪覆长亭。
相思久别梅初见，待腊冲寒柳未醒。
陶宅不开岂沦落，习池欲醉恐伶俜。
银蛇对舞高城外，是处风流已忘形。

腊日作

沧波日日去无边，日短亭长江可怜。
宿雪新霜调世味，睡梅醒竹共寒烟。
年称大有诗多颂，事尚何为梦愧传。
野柳岂应迷帝力，风中醉眼睥尧天。

新年试笔

晨光来处对深寒，旧岁山川新岁看。
素雪肯为春飒飒，好风不惧路漫漫。
抱残书剑无余恨，解冻江河欲急湍。
白屋平居亦生兴，碧溪闻似匣琴弹。

即事

混沌泥涂养薜萝，湮沉幸未识干戈。
黔妻因我劳奔走，病母娇儿伤奈何。
松节冻看筋骨立，梅花开迓往来多。
寒云照水思明日，残雪初阳共一坡。

箭楼村即事

烟村漠漠隐重楼，楼外寒江深不流。
野竹连山历冰雪，荒茅晚日失羊牛。
坐闻耆老论三国，战尽东南二百州。
千载此间复沉寂，曾经杀伐惹人愁。

早春作

细草鲜芽觅着春，娇儿门外唤频频。
晴铺野甸初迷眼，云过闲庭不隐身。
对面青山新厦隔，映窗绿水晓凫珍。
俗风日异吾将老，竹马思来倍觉亲。

庚子清明

乡茶绿就白瓷盏，新柳翠依金瓦城。
紫燕啄泥还故檩，红鹃带雨又清明。
溪头水涨松桥没，垄上人来蔓草迎。
扰攘世途休诉与，荒坟为此感先声。

小满

往年小满汗相浇，今岁余寒未尽逃。
野吹南来云黯黯，大江东去水滔滔。
降蛇杖炫降龙技，割韭人持割鹿刀。
村老锄归无别事，途听说梦又三遭。

次韵呈艮老

耆老提灯倒履迎，户连三径有高情。
风中闻竹身骨劲，月下看花心地明。
献赋扬雄与司马，传杯绿蕊并清英。
壁蛩不识酣然味，问道谁能解宿酲。

彭中文兄过长沙憾未与次韵有寄

黄云白雾压秋听，天畔群山渐遁形。
鸿雁自过衡岳去，鱼龙谁忆楚江醒。
一园风雨新篱菊，万里楼台老画屏。
相问知君惜倾盖，玉潭寂寞少微星。

陈樵哥师兄观沙岭招宴

二十年来负圣朝，秋山枝上一鷦鷯。
旧怀已逐风中去，新虑咸于梦里消。
地僻人看如犬马，身闲友问只耕樵。
长沙自古笙箫国，疏发青衫愧见招。

有感

秋尽冬来朔气屯，云烽变幻小渔村。
空闻万户倚天柱，不意三军下海门。
武穆何知杨泗庙，九州人祭楚江魂。
遥山剩忆谁家子，煨芋寒炉火尚温。

为野兰分蔸换盆感题

溪山移住俗门庭，旧岁何曾卜此生。
朱露未匀根半饱，青泥疏附意初明。
遥知他日分香雾，独使庸人窃雅声。
君子惜花休似我，摧花常借爱花名。

有约橘洲看梅因时疫不就

莫向长沙惜共游，新年那问旧渔舟。
云翻紫极风尘暗，水哭苍梧日月浮。
四海万民皆避疫，橘洲花气自盟鸥。
湘灵一曲悲谁听，袅袅余声未肯收。

感怀步恩师暮春回乡诗韵

眼底山河困疫乡，春风来去似逢场。
松针已积多层厚，蒲剑新抽寸许长。
正所倚兮今夕月，复何言也隔年霜。
居闲自得无为乐，早起开轩纳艳阳。

步听雨轩主生日

网上相逢年颇多，京华别后意如何。
诗因至性还斟字，酒若温肠便作歌。
碧草风吹连海路，黄梅雨涨护城河。
君王天下公无事，彩鹢应期共楚波。

述梦

何去何来两不知，鸿蒙再辟更无时。
分明已历千重劫，万古难终一局棋。
寂寞云根巢白鹤，荒芜仙柱老丹芝。
大河未断青山死，斧斫天门却有谁？

上巳日老夜有茅浒水乡之约未赴，用静怡老韵寄诸君

几处新茅杂覆盆，有时凡鸟过前门。
花开上巳溪头荠，酒在清明雨后村。
一角自圆中国梦，二毛不掩少年魂。
诸君若觅春波兴，水漱余红柳下痕。

闰四月初一日塞上尹公有诗相寄步韵以答

湮沉贾傅杜公船，湘水何劳溉舜田。
岁月移肩归马瘦，文章出手故人先。
可怜冰盏呈虚席，孤负春风又几年。
一色青山青到北，参商未动已同天。

访姜福成先生饮茶夜话

合是东城一隐沦，久贪书卷坐花阴。
识津谁解先生意，柱国偏劳未死心。
矮几素杯风澹澹，玉炉香烬夜沉沉。
总为健笔今何在，松上龙鳞老更深。

忆夔门旧游

水渡夔门不复旋，花飞白帝散成烟。
那堪古道沉山鬼，无计残春响杜鹃。
风气已为龙虎据，月华空抚浪潮眠。
来兹怕忆翻云手，摇动星河亦可怜。

立秋后三日恩师回乡偕立中邓杰二兄小巷餐馆食寒蕈相约用寒字

前门小巷坐而安，暂避嚣尘天地宽。
山味已非随物候，炎风不惮品孤寒。
将开雁阵玄云动，便觉秋声老调弹。
难得人情浓似酒，岂应杯底剩波澜。

早秋汎蕲江逢雨

舟发秋江北复东，屯云正下楚山空。
烟笼野棹藕花雨，水拍村堤杨柳风。
翠羽红翎双鸟落，青蛾皓齿几人同。
谢英不得清游伴，题遍林泉句未工。

注：谢英，宋处士，居蕲水畔，以林抱道，拒征不仕。

雨止

处暑兴云寒露散，村南村北始微阳。
宁知秋水浮阶地，同是田家堕泪场。
雨积一方怜白稻，天穷几载忆红羊。
不辞泥泞凉侵骨，抢晒清鲜早入仓。

秋汎石门仙羊湖逢雨

也借秋风试一航，水云深处是何乡。
峰如掌势参差出，雨过眉尖点滴凉。
世下裹泥还蹇马，山中落涧饮仙羊。
有时楼阁经人眼，颇觉湖波似岳阳。

沽上杜澎先生诗词集付梓遥寄

长安别后忆风流，香绕残卮太白楼。
如见鹤飞千丈羽，解吟枫落一江秋。
歌诗入世开新卷，肝胆于人有旧讴。
几日湖山同晚兴，未妨春草鹿呦呦。

岁暮杂兴用时字

北去湘潮填梦泽，南来吾道欲何之。
山前待雪还违约，岁暮看霾解入时。
江色动随云色改，风声回听竹声悲。
多情尚有陶潜菊，漫捡余黄便作诗。

重阳前分韵得帝字约赋登高

拾取屏山落木风，秋心一片来无际。
遥看云石立青原，恍听江声吟白帝。
千里舟皆浩荡行，百年人被烟涛系。
天留尺五筑灵台，何事登临怆然涕。

次和静怡老八秩自嘲韵

踏破泥涂层复层，冰壶一片是明灯。
浊醪无分烟能醉，髀肉难添骨可凭。
睨此世情千万种，剥渠瓜壳二三升。
时人莫问冲冠怒，腐土深膻正聚蝇。

胡静怡《八秩初度自嘲》：平生无梦上高层，粉笔灰蒙子夜灯。壮岁不虞逢武斗，衰龄犹恨没文凭。雕虫纵许三千首，籴米难求二十升。八秩初登惭犬马，未成老虎未成蝇。

早秋苦热寄怀

玄蝉七月苦谁听，天火不流围翠屏。
长望秋空虚白日，剧憎丝路载邪灵。
云焦果是虫沙渡，海坼何妨雨露经。
寄语西风须着力，休翻书页在闲亭。

新凉

溽暑忽消安乐国，高秋爽气试相逐。
白云随意渡虚檐，清响有时出深谷。
坐守一株风入松，行悭万里篱攀菊。
游虫追絮浅丛飞，笑汝垂纶傍水竹。

过江阁集少陵句

葛巾欹侧未回船，时论同归尺五天。
涧道余寒历冰雪，地分清切任才贤。
苍惶已就长途往，迟日徐看锦缆牵。
顾我老非题柱客，将诗不必万人传。

第一至八句分别集自《宇文晁尚书之甥崔彧司业之孙尚书之子重泛郑监前湖》《赠韦七赞善》《题张氏隐居二首其一》《赠献纳使起居田舍人澄》《送郑十八虔贬台州司户伤其临老陷贼之故阙为面别情见于诗》《城西陂泛舟》《陪李七司马皂江上观造竹桥》《公安送韦二少府匡赞》。

第三辑

绝句

寻梅

未践青山约，青山已白头。
驿边香一缕，肯与故人留。

花明楼即景

清芬初试暖，春酿借风调。
三五黄莺啭，翠增红未消。

湘鄂水患

大雨连天注，狂流卷地来。
徒生千里念，难洗万家哀。

秋夜

读罢秋声赋，来探蟋蟀家。
中宵云蔽月，灯影照篱花。

己亥咏猪

都云仁者寿，仁者有何辜。
漉尽平生血，槽头只一呼。

哪吒

风雨有翻覆，江湖正煮烹。
茫茫东海上，空起缚龙声。

辛丑元日祝词

霜尘一抛尽，便觉此身轻。
梦雨灵风里，春牛自在行。

六月十六夜上芙蓉山

一山峨峙入云埃，百里香烟赶月来。
坐待流霞铺满地，竹篁深处尽莲台。

咏梅绝句三首

其一

瘦骨清怀有自珍，不趋形影百花春。
寒枝已被霜刀削，驿路何劳折寄人。

其二

小孤山上雪声低，冷蕊疏枝看未齐。
些许愁怀言不得，千年犹是古人妻。

其三

南山北路雪光寒，莽莽乾坤岁事阑。
借问花魂何太瘦，人间有字未吟安。

擂茶

客来客往小张罗，杵底轮回六谷多。
不厌山家风味杂，人情世故此中磨。

赏张铁山先生《米芾拜石》图

一叩疏狂道未穷，痴顽最此性灵空。
娲天故事贪何足，写在千峰万壑中。

暮春访燕山苗木合作社

春燕飞时广目开，万尊罗汉待人来。
四方青翠调山酿，便撒氤氲到紫台。

题某贫困学生住处照片

洞壁相看月影孤，苦悬梁处寄孱躯。
春风不似秋风破，偷入寒窗窥一隅。

送曾焜老之台湾步李白赠汪伦韵

闲云野鹤自由行，倾尽余杯捉雁声。
水隔青山山隔月，明年春酒更多情。

敬题刘福昌仙师神诞日

刘福昌仙师，清末江西义侠，湘乡金薮李氏正骨传法之祖师也。刘仙师所传法技百多年来福泽江南无数百姓。吾惜缘浅未得其法。六月十二为仙师神诞，特题此诗，以示崇仰。

天生仁手布甘霖，白药青囊续到今。
应信丰碑云上立，明山秀水百年心。

访素安居

雅舍门从深巷开，竹风蕉雨透窗来。
茗烟升处尘烟隔，云树心花一手栽。

庚子生日感怀绝句四首

其一

寄身城北逐浮埃，偶向青山一豁怀。
暂卸霜尘风到面，菊花不约自然开。

其二

野亭官柳两依依，晨步江堤露湿衣。
秋草相逢无别话，迎风笑我发根稀。

其三

几番风雨渡长林，八月凉侵野客心。
高树有蝉噤不语，短蓬蟋蟀晚成吟。

其四

天香四十二番新，大国容吾作寡民。
万里江山倚贤圣，一生衣食受何人。

题陈海洋兄别业

人境花门春气潜，鸟音鱼性两能兼。
有时呼唤群鸥至，乐共邻翁美酒添。

读杜诗

伏枕书怀无续篇，波翻云梦下寒烟。
彼苍欲问诗工未？故遣伶俜到百年。

登嵇箎山绝句二首

其一

高风来处莫穷源，雨渡嵇箎万木喧。
新竹自参今世界，老松曾听古人言。

其二

飞云到眼蔽松门，积叶浮阶过雨痕。
搅扰仙家本无理，山莺谢客不须论。

宁乡人物之廖树蘅

自出关原浩荡春，文章经济两通神。
草庐湮没松鳞老，尚有珠泉泽后人。

宁乡人物之刘典

战南征北事犹传，归作文翁种善田。
一自云山开教化，百年嘉气满沩川。

宁乡人物之杨世焯

树起潇湘一面旗，胸中丘壑手中移。
大夫堂外花如锦，绣出人间万首诗。

东山峰

猿狖不攀鹰不巢，一时云气渡仙桥。
万年风雨自交作，山有崚嶒磨未销。

宿石门秀峰山庄

孤馆傍峰且寄身，凉飕抖落客边尘。
数家灯火遥相对，慰此更无闲话人。

香山暮春

竹莺声里听花鲜，远近相和一二泉。
莫怨来迟春不见，翠波深浅自缠绵。

汤

鲜蔬几片入清汤，软滑流匙卿共尝。
除却油盐无佐料，小家至味在寻常。

古庙口占

冷灰残烛剩犹真，上覆蛛丝下覆尘。
若把丝尘皆扫尽，泥胚不语又封神。

十一月二十四逢雪

漫天飞絮意何轻，不送穿林打叶声。
茅屋朱门同白首，笑兹世道亦公平。

第四辑

古风

鄜州羌村访少陵故居

行行日脚西，去去山云低。
缘溪入复入，苔岩深旧题。
羌村黄粱熟，得食走荒鸡。
路转寒窑外，长草与膝齐。
无人问远客，野老自相携。
焉知千年后，坏壁余谁栖。
八方送秋籁，无复闻鼓鼙。
留照梨树下，足沾圣人泥。

拈韵得是字呈静怡先生兼贺《瘦生集》付梓

屈指吾乡人，世儒能有几。
瘦生骨益清，况乃混沌里。
浩劫为牛鬼，远逐西南水。
拂袖拒登坛，正气何能已。
点将复筑坛，文心孰如是。
吾师瘦生歌，盖知先生以。
吾欲效瘦生，飘转不由己。
明月照当头，高山惟仰止。

暮春三首

其一

杜鹃红满山，叠锦无重数。
夜为仙露滋，朝被云霞哺。
鹓鸾自空来，百鸟不相顾。
野客亦繁多，熙攘山中路。
谁知滴血心，宁为避世故。
贤者若有情，休教买山住。

其二

水中堆落花，漂萍为相守。
风来向南游，风去复北走。
南来忆少陵，夜醉长沙酒。
北望思子瞻，识尽滩前叟。
落花与漂萍，相惜日何有。
朝朝有别离，无言江岸柳。

其三

春睡掩山扉，闻牛卧慵唱。
沃田容废耕，筋力亦疏放。
起看时物移，耽睡恐成恙。
花红四野消，草青转波漾。
草气足清芬，游蝶故相访。
留连去复来，扑翼随所向。
也应入蝶群，田园实清旷。
不咏亦不归，浴乎青草上。

暮春溯天龙峡

暖日不入涧，凉飙下深碧。
行行拨莽榛，仄径不盈尺。
谷口忽雷鸣，龙涎唾飞白。
亘古跳跃泉，长定无棱石。
缘溪山愈深，蛇虫偶行迹。
樱青自摇风，蕉红亦堪摘。
何时曾泻崩，坏道断山腋。
更乃历雪冰，折木遗绝壁。
亦作猿猱攀，高处倚松柏。
楚云自去来，长鸿为振翮。
列笏峰不言，万年立精魄。
我非避世人，岂分恋山泽。
庞公隐不还，鹿门共朝夕。
何异在人途，匆匆为过客。

四方山“总统府”

径廻山林深，云飞日光散。
苔藓覆皋门，遗构觚棱断。
蓬蒿蟋蟀鸣，橡栗鼠鼬窜。
花木不知年，四时自变换。
雄图何足论，枉教世道乱。
白骨多豪英，谁起生民叹。
阴洞何处风，余声空汗漫。
天道料有循，不劳人计算。

入莲花六合古寺

晓入莲花台，山寺倚壁峭。
杂花迷细风，繁树动碎照。
栖鸟在古檐，作歌如古调。
俗客闻茫然，那知迦叶笑。
神机佛不言，人事岂预料。
片叶落阶除，衲衣归云峤。
僧云勿埽心，留尘亦微妙。
只此澄潭边，绝胜受优诏。

惊闻睡公下世

君称性嗜睡，逃尘故有以。
遽尔不还醒，人间无泰否。
伤心生民哀，太息黄钟毁。
点检散诗存，字字剜骨髓。
壮吟起岳麓，风涛动湘水。
巍巍一塔高，魂魄已涉彼。
君虽伛偻身，俗尘不沾履。
君心如桂华，抱定秋风死。

再怀睡公

我以秋风生，君以秋风死。
生死两难堪，秋风无悲喜。

意坚兄招饮余因事不赴得理字

不惑人生何？惑而不言耳。
感君频邀招，求醉浮世里。
麓山红有情，湘水行无止。
迢遥见月华，皎洁如君子。
复对此江湖，太息如蝼蚁。
堂堂复昭昭，日闻圣明理。
宣室问谁人，鬼神莫为耻。
秋风不知趣，搅扰昆池水。

中秋夜赏月用酒字

九阙秋风不稍停，玉盘时掩宝帐后。
江河照见波涛空，星斗幻成丹青手。
山外云重正飞仙，林间蝉醉如捧酒。
懵然洪荒入梦中，清水黄尘无可守。

咏韭

小园种韭谁为主，细数一千万颗土。
韭性不争水与肥，园中自受晴和雨。
一茬一茬割又生，一代一代无穷数。
命既无穷割未终，何辜韭菜刀下苦。

冬晴用吴体

久贪沩上安宁乡，未解秋收况冬藏。
高日照水龙吐白，菊花满坡蝶逐黄。
空回冰壶纳明月，略自寒露识玄霜。
造物哪管人心异，青春不留增感伤。

向阳花开主题酒馆品樱花酿

一盏入唇认花清，二盏入肺感未名。
三盏四盏噙玉液，五盏甘苦齐相迎。
六盏洗净天河水，如上高楼啖月明。
眼花耳热七八盏，风暖蝶飞红颜生。

爱莲歌

莲花山水向人清，短洫长冲互交横。
薰风自来爽气动，捧出莲灯千万茎。
莲花山人称弟兄，往来揖让无喧争。
少长提携事共举，有为有守多豪英。
良田美树傍屋舍，来兹不让桃源行。
山座若莲护桑梓，莲池绕山捧重明。
并梦垂裳红玉绽，无私在野碧云倾。
故衣肯向池头落，滟滟晴光犹濯缨。
波浮上下齐结实，露噙甘苦各欣荣。
茂叔有言真遗爱，南江赋曲乐怡宁。
古者爱莲性高洁，今者爱莲悯群生。
群生何近天何远，天意四方雨露情。
爱兹菡萏开万遍，请为佳客一招迎。
爱兹闾阎净风俗，采莲歌里唱升平。
爱兹山水同佳绝，天地清气此间萦。
莲花根骨知善政，不劳青史饰声名。

龙泉行

大沩诸峡龙泉殊，上倚雪峰通盘纡。
高云生涛驰逸马，玉麈金茎插天湖。
青霭护山腾地气，紫烟白日捧香炉。
石脉波寒丘壑堰，松竹光摇五色珠。
纷纷提携入小艇，涉水浮桨意气俱。
放矢忽惊激湍落，珍珠迸溅起飞乌。
紫白金青顿不见，千峰万壑归虚无。
俄顷惊定拭眼睫，林石犬牙詟攀扶。
指掌如铁失把攥，罔两山妖不认诛。
出没云桥化飞鲤，囫囵仙露误甘腴。
危崖当路不得过，群鲤争竞相喧呼。
巨斧劈山耸壁峙，龙门洞开济微躯。
如斯三斧洞乃豁，直入平畴铺画图。
定身如梦归人境，弃桨回望影不孤。
龙泉饮罢身还似，龙门飞渡意何于。
密庵仙人遗迹在，春秋颜色付潜夫。

跋

夫造化施人，雨露同沾，无分厚薄。然天资有别，或敏或愚。生来禀赋既成，处世外诱尤多。先哲有云：“卓彼先觉，知止有定。”予号知止，固当有定耳。

予少就学，性本鲁钝；及长，究岐黄而不达，据杏林亦无成；然青囊有负而笈囊不辞。初仰班扬而延慕，复追李杜以萦怀。既而小涉后世百家，虽不求甚解，自耿耿于心。奉前修之圭臬，意揣心摩，不佞顾自敲吟，终究东施效颦，无窥堂奥。适机缘之合，大儒熊公东遨先生不弃刍荛，纳以门墙，既乃受益良多，为诗方有小得。检点予耽吟累岁，诗草凡两千有余，虽多仓促而成，亦是呕心所得。敝帚自珍，今删削芜俚，聊剩四百余篇，曰《有定集》。惭正业疏而痴小道，愧腹笥空以灾梨枣，惶恐，惶恐。爰以诗记之曰：

生晚亦何幸，安居古哲肩。
天青驰远目，月白照流年。
乐道无他想，放吟能自专。
心声捧一卷，坦荡在风前。

斯集初成，荷蒙恩师惠赐序文，沽上诗书大家杜澎先生赐题书名，长沙李意坚兄、宁乡刘述芬、张妙英二女史费心检校，在此谨致谢忱。

辛丑仲秋沩山杨宗义谨跋